新蕊放歌

——第四届『马季杯』全国大学生相声展演（文本）获奖作品集

第四届『马季杯』全国大学生相声展演组委会 编

天津出版传媒集团

天津人民出版社

图书在版编目（CIP）数据

新蕊放歌．第四届"马季杯"全国大学生相声展演
（文本）获奖作品集 / 第四届"马季杯"全国大学生相声
展演组委会编．-- 天津 ： 天津人民出版社，2024.4
ISBN 978-7-201-20311-9

Ⅰ．①新… Ⅱ．①第… Ⅲ．①相声—作品集—中国—
当代 Ⅳ．①I239.7

中国国家版本馆 CIP 数据核字（2024）第 063613 号

新蕊放歌：第四届"马季杯"全国大学生相声展演（文本）获奖作品集

XINRUI FANGGE：DISIJIE "MAJIBEI" QUANGUO DAXUESHENG XIANGSHENG ZHANYAN（WENBEN）HUOJIANG ZUOPINJI

出　　版	天津人民出版社
出 版 人	刘锦泉
地　　址	天津市和平区西康路35号康岳大厦
邮政编码	300051
邮购电话	（022）23332469
电子信箱	reader@tjrmcbs.com

责任编辑　岳　勇
特约编辑　张素梅　张　娜　杨　皤
装帧设计　明轩文化·李晶晶
TEL:23674746

印　　刷	天津新华印务有限公司
经　　销	新华书店
开　　本	710毫米×1000毫米　1/16
印　　张	15
字　　数	140千字
插　　页	2
版次印次	2024年4月第1版　　2024年4月第1次印刷
定　　价	48.00元

本书编辑委员会

主　任: 姜　昆

副主任: 马　波　刁惠香　赵　华　钟英华

　　　　毛劲松

委　员:（按姓氏笔画为序）

刁惠香　于学生　马　东　马　波　王　康

王大胜　王谦祥　毛劲松　刘　伟　李　冲

李永超　李治邦　李增瑞　杨占岭　杨成林

吴庆娟　佟德志　张向东　张伯苓　张家玥

张梅君　陈少杰　陈维平　赵　华　赵　炎

钟英华　姜　昆　贾雪娜　常祥霖　韩兰成

滕　杰　潘　晖

总策划: 姜　昆

策　划: 赵　炎　马　东

总统筹: 佟德志

统　筹: 张伯苓　李治邦　张梅君　张家玥

　　　　杨占岭　陈维平　李　冲　李永超

　　　　滕　杰

前　言

　　2023年国庆期间,第四届"马季杯"全国大学生相声展演在天津师范大学圆满举行。本届展演由中共天津市委宣传部、中华曲艺学会、天津市文学艺术界联合会、天津师范大学、天津市宝坻区人民政府主办。共收到作品336件(原创241件,占比71.73%),包括表演作品143件、文本作品188件、马季模仿秀作品5件,来自全国21个省份和新西兰、马来西亚两个国家,涵盖110所高校,包括32所双一流名校。经过严格评审,24个优秀文本作品脱颖而出,收录到这本《新蕊放歌》作品集当中。这些优秀作品,以马季艺术精神和马季艺术作品为垂范,主要有以下四个特点。

　　第一,目光敏锐,时代气息浓郁。时代生活,气象万千。创作者通过悉心的观察,得以准确把握时代脉搏,从不同具体场景予以典型真实反映,题材丰富、立意明确,歌颂与讽喻并举。《包你中举》在讽刺不良商贩的同时,讽喻部分在高考中迷信、迷失、迷茫的考生家人,为了提高考生成绩能够一举中榜,盲目信从不法商贩的骗人鬼话:"剪百根头发、包百个粽子",这叫"百发百中";身穿旗袍,可以"旗开得胜",并且,"红旗袍、开门红","绿色旗袍、一路绿灯","金色旗袍、金榜题名";脚穿"长灰袜子",定能"超常发挥";手里"举一个向日葵",还可以"一举夺魁",是典型的相声题材和相声构思,符合艺术规律,令人解颐,有现实意义。《双百宴》把祖父的百岁寿辰和儿子的百分成绩连在一起，通过喜庆家宴上的吟诗作句，反映出新时代新征程上高质量发展的可喜景象，可谓喜上加喜、喜感满满。《咱要反诈骗》以防范网络诈骗为主题，向观众提示各种诈骗手段：通过共享屏幕，盗取验证码；冒充领导，指示向第三方转账；引诱违规违法，威胁曝光敲诈。这些作品贴近百姓生活，具有警示作用。《新体验》带领观众在"AR、VR 增强成像"等高新技术中进行"沉浸式体验"，进入梦幻般的虚拟世界，与"斗地主"时"四个二"的"王炸"情境形成反差，相映成趣。

第二，主题宏大，善于整体叙事。较为宏大的主题内容需要有相应的表达形式与之相配。这考验着作者的宏观驾驭能力。群口相声《多彩新疆美如画》采用《五官争功》《专家指导》的人物结构，以画家为主要人物，以白黑红绿四种颜色为代表，歌颂新疆的物产丰富、美丽辽阔：洁白的棉花、黝黑的石油、鲜红的水果、绿色的草原，从一个侧面讴歌伟大祖国的绚丽多彩。《年货变迁》以购置年货的时代轨迹为主线，从"全家老少齐上阵的年底抢购冲刺""农民工群体骑摩托车回家过年"到"跨境电商兴起让洋年货走进大众视野""全球美味一键下单送货上门"，真实呈现不同年代过年时喜庆热闹的巨幅景象。《叫我"00后"》以一位"00后"的视角，全景展示新世纪以来我国所取得的历史性成就：神九上天、蛟龙入海，2019 年新中国成立 70 周年、2021 年建党 100 周年，2008 年北京奥运会、2022 年北京冬奥会，脱贫致富、建成小康，无不在人们的脑海中印刻着举国欢腾的难忘景象。

第三，学习经典，表达时代内容。学习借鉴传统经典和当代经典主要是其形式的结构方面。这不是目的，目的在于以喜情的方式反映现实生活。《川八扇》成功借鉴传统经典《八扇屏》和当代经典《将帅图》的脉络结构和"包袱"结构，通过众多的旅游胜地和著名人物，把四川的自然景观和人格魅力尽显于作品当中。《北京地铁站名学》借鉴《地理图》和《一个推销员》等经典作品，通过地铁站名反映出首都城市建设的规模与速度。《新扒马褂》中的撒谎和圆谎是富于想象和智慧的。这是大学生相声的一大看点。撒谎者越说越离谱，圆谎者最终在荒诞不经中脱下马褂，在欢笑声中戛然而止。

第四，来源广泛，地域差异缩小。北京和天津分别是相声的发源地和发祥地。相声演员和相声观众主要集中在京津冀辽鲁等华北及周边地区，地域差异明显。随着剧场相声的兴起和京津生源的辐射，这种差异正在逐渐缩小。在本届展演的优秀文本作品当中，《多彩新疆美如画》来自新疆，《各有各味儿》来自甘肃，《文物医生》《定军山》来自山西，《贾颛佳》来自湖北，《谦敬之间》来自福建，京津冀辽鲁以外的高校已接近60%。相声艺术在全国高校遍地开花的美好景象正在不断形成。特别是《多彩新疆美如画》《各有各味儿》等作品，在整体构思上很完整，且有独到的处理，可圈可点。

相信未来的"马季杯"将继续以习近平文化思想为指针，弘扬马季艺术精神，在新时代相声艺术发展进程中行稳致远、更加辉煌！

编者

2024年3月

目 录

保你中举

作者：许杰　杨曙

乙　亲爱的观众朋友们，大家晚上好！昨天啊，我遇见个眼儿事儿，在这个狮子林桥有一大爷，他准备……

甲　哎哟！兄弟！

乙　呦，这不李老板吗？

甲　您在这干吗呢？

乙　我这不给大伙儿说相声呢。

甲　哎哟，有日子没见您了，家里都好啊？

乙　都挺好的。

甲　我记得您有个妹妹，她怎么样啊？

乙　别提了，这不明年快高考了，正发愁呢。

甲　哎哟，愁什么啊？

乙　这不学得不行，怕考不上嘛！

甲　别急别急，哎哟，你妹妹这都快18了。

乙　她18、19的，数学她都算不明白啊，像那个一次函数二次函数三角函数全看不懂，一提这个……

甲　不是，我是说您妹妹……她还那么瘦吗？

乙　可不是嘛，一天到晚的，心思不放到学习上，就光知道减肥。说什么，人家要减肥美到疯，克服地球引力做的功……你倒操心操心你的物理,你的那个英语……她……

甲　(兴奋)哎哎哎,咱妹妹她有对象吗?

乙　她还有时间搞对象? 她学习都……哎不是,你问这么半天,我看你都要疯了,你要干吗啊?

甲　你看,我这不是也看看她是不是早恋,是不是耽误学习嘛。

乙　对,她可没时间搞对象了,她的首要任务就是要考上好大学,所以这不是我愁得慌嘛。

甲　嗨,这事简单啊。

乙　那怎么着?

甲　你、你、你让她嫁我!

乙　啊? 嫁给你? 想瞎了你这双好眼睛吧。(甲拦,乙:你甭拦我)甭说她现在才十八九,就是她该结婚了我也不让她嫁给你!

甲　怎么着啊?

乙　咱们从小长起来我还不知道你,初中没毕业就不上了,搞点小生意,嫁给你那不全耽误了。

甲　你看你想哪去了,我说加我! 加微信! 天津人说话,加我。

乙　哦,加你,加你干什么啊? 跟你上货去啊?

甲　欤,别,现在我不干那个了。

乙　那你现在干什么呀?

甲　高考辅导啊。

乙　不是,我没听错吧? 你初中都没毕业,干高考辅导?

甲　你先别忙,我问你,雪峰你知道吗?

乙　雪峰? 我知道雪崩。哪个雪峰啊?

甲　就那个"中国人是全世界研究应试技巧最牛的",你知道吧,他研究的不是"怎么把这个题做对",他研究的是"这题我怎么不会,我还能给他做对"……就那个,考研,高考填志愿的那个。

乙　哦,我知道,人家很有名啊。

甲　哎,我们都一块儿的(自豪)!

乙　哦,您跟他是同事。

甲　咱比他那个更重要!

乙　你怎么个重要法啊?

甲　他主要填报志愿,我在他前边。

乙　怎么个前边?

甲　考试前,考试中,都得靠我。

乙　作弊?

甲　作什么弊啊,咱正常考试,不搞那个歪的斜的。

乙　那你怎么个考试前、考试中呢?

甲　主要是辅导你妹妹考试前的准备工作。

乙　我这听着都新鲜,那您给说说。

甲　这么着,我给你支两招。

乙　那您帮帮忙吧。

甲　首先说吧,你这个考试……你妹妹得穿袜子吧?

乙　多新鲜啊,哪有光脚考试的?

甲　行,那你妹妹都穿什么袜子?

乙　什么都有啊,什么粉的、红的、迪士尼的、Hello Kitty 的、巴黎世家的、多巴胺的……

甲　多巴胺都出来了,什么乱七八糟的! 你那不行,你得来我这个灰色长筒袜。

乙　怎么还非得灰色长筒袜啊?

甲　有讲究啊。

乙　怎么讲啊？

甲　穿灰色长筒袜考得好呀。

乙　怎么？

甲　它能超常水平发挥。

乙　好嘛，我这头回听说这超常水平发挥这么来的。还得穿灰袜子。

甲　那太对啦！

乙　得得得，我赶紧买去。

甲　别别别，你哪儿买去？

乙　外边都有啊。

甲　外边那不行，不一样，你得买我这儿的。

乙　你这儿怎么不一样啊？

甲　我这袜子开过光。

乙　好嘛，我头回听说这袜子还得开光。

甲　对啊。

乙　你到寺庙里，让菩萨给开的光啊？

甲　不不不，不是寺庙。

乙　那是什么地方呀？

甲　孔庙。

乙　哦，孔庙。

甲　哎对，我专门跑的曲阜。曲阜你知道吗？

乙　知道，那是孔子的老家。

甲　把这袜子，拿到孔子面前祈福，给开的光。

乙　你也不怕熏到他老人家（得亏这是没穿过的）。

甲　有朋自远方来，不亦乐乎，有袜子来开光，没有味乎。行了，拿走吧。

乙　好嘛，拿《论语》开啊！

甲　总之，这袜子接受了知识的洗礼，附着了深邃的灵气。孔老夫子，穿过历史来保佑你考试超常水平发挥。你看你这袜子是不是得买？

乙　得得得，照你这么说啊，这袜子我还真得买。

甲　你看你赶紧把你妹妹微信给我。

乙　你别着急加她微信，这袜子我买就行，我买。多少钱啊？

甲　也不找你多要，你就拿666就行了。

乙　啊？抢钱来了？

甲　什么抢钱，这数多吉利啊。你还别不信，去年，有个学生，听了我的，考上了。

乙　考哪儿了？

甲　南开啊！

乙　嚯！

甲　这不前两天，还回来感谢我呢。

乙　怎么说啊？

甲　"谢谢李老师，我才能考上南开，您这孔庙开光的袜子太好了，不仅如此，还得感谢您这喷雾……"

乙　您等会儿，什么喷雾啊？

甲　免洗头喷雾啊。

乙　免洗头喷雾？

甲　对了，孩子考试前一天，不能洗头，就得用咱这喷雾。

乙　怎么还不让洗头呢？

甲　你想啊，你这……你一洗头，是吧，你这，脑子进水了怎么办？

乙　好嘛，这都是怎么琢磨的啊！

甲　关键是,咱这免洗头喷雾不一般。

乙　怎么不一般啊?

甲　这里头加东西了。

乙　这里边还能加什么呀?

甲　安神补脑液。

乙　啊! 这口服的外用啊?

甲　那口服的它是往下走啊,那什么时候才能到脑袋啊,咱这就直达!

乙　好家伙,坐上电梯了,还直达。

甲　那当然啦,把你妹妹微信推我,我给她介绍介绍。

乙　别忙别忙。

甲　这个有用啊!

乙　有用,有用我就再来个这个,我也买了。

甲　那行。

乙　那按您说的这个,我妹妹就没问题了吧?

甲　别着急啊。

乙　还有? 这孩子这一头一脚都准备了,还不行啊?

甲　不不不,孩子这准备得就差不多了,你这当哥哥的,也得使使劲儿。

乙　我怎么使劲儿? 我站门口给我妹妹喊口号去? 加油加油……

甲　不是那种使劲儿,你得穿服装啊。

乙　您说得在理儿,我穿一西装,正式一点儿。

甲　你正式没用。

乙　那您说我穿什么啊?

　甲　你得穿旗袍。

乙　啊？我—男的穿旗袍？

甲　对啊，这有讲究。

乙　什么讲究？

甲　旗开得胜啊！

乙　哦，旗开得胜，我就得穿旗袍？

甲　而且我告诉你，你这旗袍开衩开得越高，你妹妹考得越好！

乙　您要这么说的话，我穿！我买那开到胳肢窝的。

甲　穿旗袍！

乙　穿旗袍！那我赶紧买旗袍去。

甲　等等，旗袍你也得买对了才行啊。

乙　怎么算买对了？

甲　色儿得对。

乙　什么色儿啊？

甲　红色儿。

乙　这什么意思？

甲　开门红啊。

乙　哦……行，记住了，我买红旗袍去。

甲　别别别，不能光买红的，第二天你就不能穿红的了。

乙　那怎么着，穿绿旗袍？

甲　对了，开了窍了你这是！

乙　（小声嘀咕）还真说对了，怎么穿绿旗袍呢？

甲　第二天考试让你妹妹一路顺风。

乙　你看他还什么都有的说，那照您这思路，我第三天是不是
　　又得换啊？

甲　正确！

乙　那穿什么色儿呀？

甲　你得买一金旗袍。

乙　怎么又金的了呢？

甲　这叫金榜题名啊。

乙　那行了，我就穿着这个，在门口祝我妹妹考试成功。哎呀，我都能想象到那个画面来了。我一男的，穿一旗袍，浓妆艳抹，我再盘一个花卷头，站在他们考场的门口，知道的我是等妹妹考试……

甲　要不知道的呢？

乙　还以为阿凡达唱大鼓呢！

甲　多漂亮啊！

乙　漂亮什么啊？这整个一个神经病！嘿，甭问，这些东西也在您这买吧（停一下）？肯定的，也不便宜。

甲　什么话！这都给你友情价，仨旗袍，8888。

乙　我现在都不惊讶了。问问您吧，您这旗袍是开过光的，还是喷了这安神补脑液了？

甲　旗袍还能一样吗？

乙　那是什么意思啊？

甲　我这旗袍啊，是耐克的设计师专门定制的。

乙　怎么还非得耐克呢？别的不行吗？

甲　那当然啦，特步的就不能穿。

乙　怎么？

甲　你想啊，特步的标志是个什么？

乙　叉。

甲　耐克呢？

乙　勾。

　甲　对喽，穿这个，考试就都是勾，你得让你妹妹考试考好喽！

乙　我头一次听说这旗袍前边印一大对勾的。

甲　哎呀,这都是有用的,这不都是为了咱妹妹吗! 别等啦,快让你妹妹加我吧。

乙　行行行,听您这么一说啊,我还真有点儿心动,这些也都在您这儿买了,您给我拿一套吧。

甲　拿一套啊? 拿不了了。

乙　啊? 全卖光了?

甲　不是。

乙　那是需要预订?

甲　也不是。

乙　那怎么拿不着呢现在?

甲　哎,别提了,这不让城管给拿走了嘛!

乙　啊?

甲　我这刚到学校门口摆摊没一会儿,一套没卖呢,全给一锅端了。

乙　活该,早该都给你收走。

甲　可不嘛,一帮家长也说我,宣传封建迷信,打电话要举报我。

乙　不举报你举报谁啊!

甲　综合执法来了,说我这是销售"三无产品",全给我收走了。

乙　收走了这都算轻的,应该给你逮起来。

甲　我也是后悔做了那么多错事儿。

乙　不是,就你这还能培养出来南开的学生,你哪个南开啊?

甲　南门外扫大街的。

乙　好么,扫地的啊!

甲　我现在还想办法怎么给我把那东西要回来呢。

乙　我算听明白了，用迷信卖货，误人子弟，你这不耽误人家前途吗？我还是得让我妹妹好好复习，这才是正道。

甲　唉，您说的这个还真对，但是您看我做了那么多错事，都不是最后悔的，有一件事，我最后悔。

乙　什么事儿啊？

甲　你妹妹还没加我呢。

乙　还没忘呢！

扫码获取
·相声展演视频
·经典相声作品

双百宴

作者:韩云飞

甲　有这么句话您听说过吗?

乙　哪句呀?

甲　叫"父一辈,子一辈"的交情。

乙　听说过呀! 就是说,几代人都保持良好的关系。

甲　没错,这句话应到咱们俩身上了! 打个比方吧。您父亲跟
　　我儿子一样……

乙　什么?

甲　都喜欢打球。

乙　大喘气呀,有这么说话的吗?

甲　这不举例子吗? 还有呢! 我三姐跟你二姨,全都爱跳广场
　　舞! 我媳妇跟你舅母,上网拼单买白薯。我大哥跟你四
　　叔,专门爱玩儿斗地主。我外甥跟你二大爷,俩人一块儿
　　捉老鼠!

乙　啊? 俩人没事儿干了?! 满街逮耗子?

甲　不是! 俩人一块吃卤煮!

乙　这倒是实话! 就好这口儿!

甲　说明咱们两家关系密切!

乙　这就叫通家之好!

甲　没错呀！所以说，你们家有什么风吹草动，人员变更，资金往来，房产交易……我是一清二楚。

乙　各位，这就叫"不怕贼偷，就怕贼惦记"！

甲　这叫什么话呀？我消息灵通。

乙　那也分什么事儿！

甲　这不前几天嘛，你们家就有件大喜事儿！

乙　哎哟，这你都听说了？

甲　听说了干嘛呀？我给道喜去了。

乙　谢谢您，我实在是工作太忙，在外地没赶回来！您受累了！

甲　您这话就见外了，东西我可没少带！

乙　您破费！都带什么了？

甲　澡盆、笼子、垫子、猫粮、防丢绳……

乙　等会儿吧！我们家什么事儿呀？

甲　下猫？

乙　嗨！什么呀！那是我们家老爷子……

甲　下猫！

乙　没听说过！我们家老太爷过寿！

甲　我知道！你爷爷今年整一百，对不对？

乙　没错呀！百岁老人！

甲　这可是件大喜事儿，家里上上下下都乐坏了。

乙　那可不是！高朋满座。

甲　这还不算，你们家还有一喜。

乙　还有一喜？

甲　您那儿子，今年刚三十多吧？

乙　嚯！我们爷儿俩这是把兄弟！什么三十多呀？刚上三年级！

甲　我说他那学问像三十多的！

乙　学习好着呢,上学期所有科目都考了100分！

甲　这是不是又一喜?

乙　嗨！这也不算什么呀！

甲　不算?! 老人100岁,孩子100分。这叫"双百宴"！

乙　您别说,这还真吉利！

甲　到您家我一看呀！嗬！这喜庆劲儿,就跟老头儿今天结婚一样。

乙　没听说过,多大岁数还结婚！布置得好看！

甲　张灯结彩,华筵盛宴,四代欢聚,同吃剩饭！

乙　啊?我们家都揭不开锅了?吃剩饭呐！

甲　那叫什么?

乙　同吃大餐！

甲　对！准备的都是好吃的。有鱼豆腐、嫩豆腐、血豆腐、冻豆腐、南豆腐、北豆腐、熬豆腐、炖豆腐！

乙　我们家都是喜鹊,专吃豆腐！这还大餐呐！

甲　不是呀！老人多！太硬的咬不动！

乙　行了,你也别瞎说了！那天我们家聚在一块儿吃的是海鲜大餐、火锅宴,大伙儿一起热闹！

甲　对对！都摆好了！一大家子围坐一起,有请主角儿登场！

乙　嘿！就等这会儿了！

甲　大伙儿热烈鼓掌啊！老爷子出来了,那是真显年轻呀！

乙　本来就是嘛！老当益壮！

甲　个头儿也不矮呀！

乙　年轻时候就是大高个儿！

甲　我目测呀,最少得有一米四！

乙　一米四？这还大高个儿呀！

甲　看个头儿差不多呀！一米三八左右！

乙　您说那是我儿子，一米四！

甲　对呀，就是你儿子呀！太可爱了。

乙　那是呀！随我！

甲　看着特别喜兴……满脸白胡子，连鬓络腮，寿眉老长，仙风道骨的！

乙　啊?!我儿子这模样呀！你说这还是我爷爷！

甲　对呀！你爷爷！满面红光，衣着整齐，这儿戴一红领巾！

乙　这还是我儿子！

甲　对呀！你儿子！坐在轮椅上频频招手……

乙　你走吧！到底谁出来了!?

甲　你爷爷跟你儿子一块儿出来了！

乙　你分开了说呀！

甲　他们俩都是今天的主角儿呀！

乙　对了，我把"双百宴"这事儿忘了！

甲　都坐好了，喜宴正式开始！你爸爸首先致辞。

乙　对呀！我爸爸是老大！

甲　你爸爸从兜里掏出一张纸来……

乙　这是要正式致辞！

甲　"各位哥们儿、姐们儿、老少爷们儿。今天，咱们老帅儿过生日，一百，大整数！吉利！大伙儿甭含糊，也别磨不开。甩开腮帮子，吃！颠开后槽牙，啃！撑开嗓子眼儿，灌！好吃的好喝的，咱们玩命儿招呼！总而言之一句话：谁今天谁不喝醉了，谁是那个！"

乙　嗨！这词儿还用写稿呀！太水了！

甲　真情实意,语言上稍微通俗了一点。

乙　这就是大白话呀!

甲　一看这情况呀! 你兄弟站起来了。

乙　哦,我堂弟!

甲　"大爷,大爷,您先歇会儿,我说两句。"

乙　听他的。

甲　要说你兄弟可了不起,一表人才,三十来岁,当工程师!

乙　那是,搞互联网的。

甲　研究那叫什么?"锯大树"……

乙　那就逮起来了! 他有那么大劲儿吗? 那叫大数据!

甲　对对! 拿出一张卡片来。这是什么呀?

乙　嗨! 那是体检卡! 我兄弟研究的是大数据体检,人往那儿一坐,用手握住机器,不到一分钟,人体的二百多项指标直接就检测完成了。

甲　你看看,高科技就是好! 效率太高了! 送你爷爷太合适了。不光这个,你兄弟还说了四句贺词。

乙　他怎么说的?

甲　"大数据的应用多,爷爷身体没的说。送您一张体检卡,您把羊肉往这儿搁……"

乙　啊? 吃呀!

甲　对呀,锅开半天了,大伙儿都饿了!

乙　也是! 也不能光顾着说话!

甲　我赶紧站起来了……

乙　你也说两句。

甲　那当然了。我说:"各位,今天是老爷子的好日子,我也表示表示。"我可不空手,从兜里掏出这么厚一摞……

乙　大红包？

甲　餐巾纸！

乙　嗨！你拿餐巾纸干吗呀？

甲　把大伙的筷子都擦干净了啊，讲究卫生！给各位夹菜！

乙　行了，行了，这地方就别穷讲究了。

甲　我说："这么着吧，我也说四句，助助兴。"

乙　你怎么说的呀？

甲　"老爷子能文又能武，一辈子操劳真辛苦。为了表达我心意……"

乙　怎么样？

甲　我给您下块儿冻豆腐！

乙　就这个呀！

甲　老爷子爱吃豆腐！

乙　这倒是！什么豆腐都吃！

甲　我都给放到锅里了。

乙　老爷子高兴就行！

甲　这时候你表哥也过来了。端着酒杯给老爷子敬酒。

乙　我表哥也不错呀！那也是人才！

甲　那当然了！我听说了，特别"能造"。

乙　饭桶呀！

甲　他那工作，特别能造什么……

乙　嗨！我表哥搞的制造业，主要是制造高铁设备。

甲　嚯！高铁制造？

乙　对呀，咱们国家的高铁技术世界领先，运营总里程将近四万公里。代表了咱们"中国制造"的最高水平。那是咱们国家名副其实的"国家名片"！

甲　好啊！他也不空手,拿着两张高铁票就过来了。

乙　干嘛呀？

甲　要带老爷子旅游去。也说了四句。

乙　怎么说的？

甲　"爷爷高寿一百秋,送您车票去旅游。老当益壮身体好,迎
　　面不怕火车头！"

乙　啊？

甲　不是,跑步赛过火车头！

乙　好么！这也太夸张了！

甲　你儿子也过来了！

乙　是呀！今天也是他的好日子！

甲　那是呀。我听说他现在可用功了,学习特别刻苦,入迷了,
　　不说人话了……

乙　好么！整个一小混球……都不说人话了！

甲　不是,那叫什么语言？咱们不懂,机器人能听懂……

乙　你说那叫机器人语言,属于人工智能。我儿子从小就喜欢
　　机器人编程,在学校还参加编程大赛！立志要当一名人工
　　智能工程师。

甲　嘿！您听听,多有志气。他过来也说了四句。

乙　他怎么说的呀？

甲　"太爷年迈牙口儿差,硬的不行凉的怕。我给您做副机器
　　牙,砖头儿钢板都拿下！"

乙　啊?！受得了吗？

甲　人家孩子一片心意！

乙　哎,半天了,老爷子怎么一句话也没说呀！

甲　老爷子高兴呀！我过去一看,老爷子闭着眼……

乙　想词儿呢!

甲　睡着了!

乙　睡着了?

甲　我赶紧过去! 我说:"爷爷,您醒醒,豆腐都飘起来了,就等您张嘴了……"

乙　像话吗?

甲　老爷子一听豆腐,俩眼就亮了,脑门直发光,眼眉就挑起来了……

乙　嚯! 怎么了这是?

甲　老头儿高兴呀!

乙　他也说了?

甲　唱上了。

乙　唱上了? 唱的什么呀?

甲　京剧。

乙　对! 我爷爷是老票友!

甲　专攻麒派。

乙　对,年轻的时候就喜欢麒麟童的艺术……

甲　那是啊! 而且水平相当高! 可以说是票界一杆大旗! 也有艺名! 跟麒麟童不相上下。

乙　人家叫麒麟童。

甲　你爷爷叫"不锈钢"……

乙　什么艺名儿这是?

甲　嗓子好呀! 铁嗓钢喉……

乙　这么着吧,您给学学。那天他是怎么唱的?

甲　(学麒派,叫板)列位……

乙　我还得给他打家伙!(学京剧锣鼓)

甲 "(散板)未曾开言喜洋洋,百岁宴上我诉衷肠……老汉今年一百整,国力昌盛我心花放……幸喜儿孙多努力,一个个的成栋梁……今日我多饮几杯酒,好吃的东西我随心尝……先吃一口炸鸡腿,后来一根小香肠……抖擞精神,锅里望……(甩腔)"

乙 (锣鼓)

甲 "(哭头)我的……豆腐哇……啊……啊……"

乙 哎?他怎么哭豆腐呀?

甲 成豆腐脑了!

乙 全煮烂了!

扫码获取
· 相声展演视频
· 经典相声作品

川八扇

作者:贾晓荻　彭洁轶

甲　天津师范大学现场的评委老师,现场的观众朋友,亲爱的
　　同学们,大家——

甲、乙　晚上好!(四川话)

甲　谢谢大家的掌声!

乙　没错。

甲　还是要自我介绍一下。

乙　说一说。

甲　我是来自四川成都的小相声演员,我叫彭洁轶。

乙　是他。

甲　很多人说长得像一个动画片人物。

乙　谁啊?

甲　大耳朵图图。

乙　哎,是挺像。

甲　旁边这位。

乙　我。

甲　我们两个呢第一次来天津,非常激动……

乙　(拉)说我。

甲　马上就到您了!

乙　哦。

甲　他是我的 partner,我的搭档!

乙　嗯!

甲　我们两个来到天津不容易……

乙　等会儿吧,哦,你不说我是吗?

甲　我都说了自我介绍啊!

乙　好好,自己来是吧? 天津师范大学的各位老师、同学们大家好,我是相声演员郭广庆!(鞠躬,飞吻)

甲　您这个状态,用我们一句四川话来形容——

乙　叫?

甲　瓜娃子。

乙　……这不是什么好话。

甲　你别老打断我。

乙　谁啊!

甲　我们俩来到天津不容易,也非常欢迎所有的老师、前辈、同学们来到我们四川成都做客。

乙　那当然了。

甲　我代表四川,给大家做导游。

乙　你等会儿吧,你这么年轻,话太大了。

甲　怎么了?

乙　你代表四川,你凭什么代表四川啊?

甲　我长得就像一个四川名人。

乙　谁啊?

甲　杨迪。

乙　别说还挺像啊!

甲　是吧!

乙　我长得更像一个四川更有名的名人。

甲　谁啊？

乙　（取眼镜）我长得像三星堆面具。（动作）大伙儿给三星堆面具鼓掌啊！

甲　您像三星堆面具？

乙　是啊。

甲　那就不是名人。

乙　那是？

甲　名坟。

乙　名坟像话嘛！

甲　你什么意思？

乙　我的祖先是三星堆，所以我就能代表四川。外地的朋友来到四川，那肯定是我带着大家东到西、北到南，到处走到处吃到处耍到处逛，明天不上班爽翻，巴适得板！

甲　您等会儿，你这四川话人家听不懂。

乙　外地朋友们来我们四川，我保证用最标准的普通话做介绍！

甲　没有方言？

乙　对。

甲　没有土话？

乙　没错。

甲　那这样，今天就在这，你给天津的师生，包括我这个新四川人介绍介绍我们的四川成都。

乙　好嘞。各位朋友大家好！（鞠躬）欢迎各位来到成都，古诗有云：晓看红湿处，花重锦官城！

　甲　有文化。

乙　接下来我们游览成都,首先我们来到武侯祠。

甲　嗯。

乙　锦里。

甲　嗯。

乙　宽窄巷巷儿……

甲　嗯……等会儿!

乙　怎么了?

甲　差点划过去,第三个说的什么?

乙　宽窄巷巷儿。

甲　啥子叫宽窄巷巷儿?那叫宽窄巷子!

乙　哎呀……我们成都的街道(该道)。

甲　啥子叫街道(该道)?正确读音叫街道,打街机,有读"该机"的吗?我们这儿大街小巷,到你嘴里——大该小夯……

乙　哎呀,这个习惯了在所难免。还有那个杜甫(谱)草堂!诗圣杜谱……

甲　啥子叫谱!诗圣杜甫,杜甫草堂。甫!中国姓氏里面复姓皇甫,到你这儿,复姓"黄埔"?是不是名叫军校?

乙　啊……

甲　杜甫草堂旁边有一座美丽的公园。

乙　浣花溪公园(宽花期)。

甲　哟,一嘴炉灰渣子。

乙　咋子?

甲　啥子叫"宽花期"?我们叫浣花溪公园。我们古代词牌名,《浣溪沙》,你这,"宽期萨"?我们吃的小浣熊干脆面。有读"小宽熊"干脆面的吗?接着说,我看你还要读错多少个字!

乙　还有那个文殊院(万)。

甲　啥子叫万！文殊院,大悲禅院。有读"大碑缠万"的吗？你得了精神病,得去精神病医院,哪儿来的"医万"？

乙　还有水碾河(huo)。

甲　啥子叫河(huo)啊,水碾河(he)！

乙　九眼(俺)桥。

甲　啥子叫"俺"啊,九眼桥！

乙　熊猫儿基地……

甲　啥子叫"猫儿"啊,熊猫基地。

乙　天府广场(肠)……

甲　啥子叫"肠"啊,天府广场！

乙　像你这样,我们就要说了。

齐：哎,啥子叫要啊！

乙　我就这样说,你弄死我嘛！

甲　你还不安逸了！(四川话)就这样子还代表四川？你这个叫误导游客！你刚才那个状态喃？(我们都是老四川人,三星堆都是我的祖先)呸,瓜娃子。

乙　哎,怎么又说我。

甲　别的我不问,我就问你一句,你凭什么代表四川？今天给我一个解释还则罢了,如果不然,我当着你的面抽风,我说抽就抽,来劲了(抽)。

乙　哎呀呀呀,你不要激动,你说我好不容易……好不容易来到天津一趟,我还把老乡给得罪……给得罪了。你说我惹他干什么？赶紧给他道个歉。

哈哈哈哈哈哈哈哈哈哈哈……

024　甲　你们看,我说他瓜娃子吧。

乙　小彭同志啊！我就是个普通的四川演员，咱们又是同行。你千万别和我一般见识。

甲　啥子喃？你说你是啥子喃？（四川话）

乙　四川演员。

甲　四川演员？你也配！

乙　四川演员我都不配？

甲　你听我给你摆。在早年间，电视剧《红楼梦》，欧阳奋强扮演的贾宝玉活灵活现。九寨沟高原红，容中尔甲的天籁之音宛转动听。王迅扮演的川军惟妙惟肖，赵亮扮演的毛子入木三分。张杰，像一团火，谢娜，是一阵风。张含韵、谭松韵，乖巧美丽，马思唯、谭维维，才华横溢。李宇春的超女范，张靓颖的海豚音，潇洒飘逸。还有那潘虹陈戈，戚薇谢帝，邓婕刘劲，雷汉张莉，邓家佳杨迪，赵露思李斯丹妮，降央卓玛吉克隽逸……四川的演员多了，（四川普通话）你娃，能算老几？

乙　我连老幺都算不上。

甲　像我的杨迪，你比得了吗？

乙　泰迪我都比不了。

甲　那你凭什么代表四川？

乙　我就是个普普通通的四川胖娃儿，开几句玩笑……

甲　啥子喃？你说你是啥子喃？

乙　四川胖娃……

甲　四川胖娃？你也配！

乙　胖娃儿我都不配了。

甲　我跟你说，在民国年间，四川出了一个胖娃，他入帮派，杀日寇，搞起义，护中华。袍哥人家从不拉稀摆带。他就是哈儿师长范绍增。范绍增自幼憨厚，被人戏称为范哈儿，长大之后，加入袍哥，随袍哥征战，后被杨森招安，又受刘湘赏识，提为师长。他虽面带憨相，但心明眼亮，大智若愚，气宇轩昂。勇猛杀敌，果敢顽强，不计生死，除暴安良。因此得名哈儿师长。他主动请缨，抗击日寇，虽战功卓越，但在国民党队伍中却郁郁不得志。于是在解放战争爆发后，他响应号召，率部起义，就连刘伯承元帅都对这位哈儿师长大加赞扬。这正是：面傻眼明心更聪，抗日杀贼见奇功。一员福将最传奇，哈儿师长胖英雄。四川胖娃儿，范绍增，你比得了吗？

乙　我连范德彪也比不了啊！

甲　那你凭什么代表四川？

乙　你还没忘啊！

甲　解释清楚！

乙　好好好，那我就简简单单是个四川人总可以了吧？别老是拿我挑刺儿。

甲　啥子嘛？你说你是啥子嘛？

乙　四川人。

甲　四川人？

乙　我也配（呸）！我替你说了！告诉我四川人我凭什么不配！

甲　四川人你更比不了。你听我给你摆。在那哈儿年！共和国雄鸡般的版图上，有一片美丽富饶、人杰地灵的天府圣地，中国四川。从近代到当代，四川大地人才辈出，他们为幸福而求索，为和平而斗争，经历了血与火的洗礼，他们的形象永远留在历史长河与川人的心中，灿若繁星。1931年，抗日战争全面爆发，为加强东北抗日队伍的领导，我中共中央把赵一曼从四川老家调至东北,兼任政委。赵一曼身材瘦弱,上阵杀敌却勇猛果敢,人称她"红枪白马赵政委"。1935年冬天,一场遭遇战,由于实力悬殊,敌众我寡,赵一曼不幸腿部受伤,被日伪军逮捕。敌人用尽酷刑,可赵一曼已将生死置之度外,她横眉怒目,痛斥日军在中国的侵略行径。1936年,赵一曼在刑场英勇就义,年仅三十一岁。1946年,解放战争开始,四川女子江竹筠随丈夫一起奔赴武装斗争第一线。1948年,由于叛徒出卖,江姐不幸被捕,关押在重庆渣滓洞监狱中。军统特务用尽各种酷刑:撬杠、电刑、老虎凳、辣椒水……面对酷刑江姐始终坚贞不屈。1949年仅二十九岁的江竹筠壮烈牺牲。1950年,抗美援朝战争爆发,四川的战士黄继光挺身而出,他不顾敌人火舌凶猛,用胸膛堵住枪口,为部队扫清道路。回望历史,双枪老太婆陈联诗,十二桥烈士,四川远征军,千千万万前辈们用鲜血捍卫和平,用生命换来了胜利,他们哪一个不是我四川骄傲,哪一个不是我四川榜样。现如今,太平盛世,国富民强,中国,这条东方巨龙正昂首奋进,笑傲寰宇。我们不能忘记那历史中的繁星,更不能忘记那些抛头颅洒热血的先烈。这正是:天府回首望烟尘,烈火煅烧铸忠魂。青史留名传万代,顶天立地四川人!

乙　好!

甲　这些四川人你比得了吗?

乙　那我确实比不了。

甲　那你凭什么能代表四川?

乙　行,我说大话,我错了,我改,行吧。

甲　这就对了,知错能改善莫大焉。我也告诉你。你必须克服

川八扇

缺点，发扬优点。把我们四川人最好的形象留给天南海北
到这儿旅游来的朋友，这样四川才会因你而骄傲。

乙　那我怎么克服缺点呢？

甲　保持虚心的态度，每天苦练普通话。你知道绕口令吗？

乙　那当然知道了！

甲　你就从绕口令开始练习。每天凌晨十二点开始在你家楼
梯过道大声朗诵绕口令五百遍，不出三天你的所有邻居都
会夸你！

乙　夸啥子？

甲　瓜娃子！

乙　别说了！

扫码获取
· 相声展演视频
· 经典相声作品

多彩新疆美如画

作者:赵明阔　刘燕

甲　画家,男,汉族,30岁,南方某地青年画家。

乙　大白,男,回族,40岁,白花花村村民,着白色造型服装。

丙　小黑,男,哈萨克族,30岁,黑油油村村民,着黑色造型服装。

丁　红果,女,汉族,30岁,红彤彤村村民,着红色造型服装。

戊　绿丫,女,维吾尔族,25岁,绿茵茵村村民,着绿色造型服装。

(甲充满激情快步上场)

甲　尊敬的父老乡亲们,大家过年好!我是一名画家,第一次到新疆,想创作一幅新时代的伟大画作。可是我来了半个多月了,连画作的主色调都没有找到,哎呀,这新疆实在是太大了,太美了!

(众唱着《新疆好》歌曲,载歌载舞上场)

合　我们新疆好地方啊,天山南北好风光。各族人民喜洋洋,幸福生活赛蜜糖。亚克西!(造型)

甲　哎,你们这几位是干什么的呀?

合　我们呀,是来给您帮忙的。

甲　帮忙的？

乙　您刚才不是说了嘛。

甲　说什么？

乙　您是个画家水平高。

丙　到新疆把创作灵感找。

丁　半个多月没找到。

戊　您这个人嘛——

甲　怎么样？

戊　不着调！

甲　嗨！我那不是不着调，我那是没找到主色调！

合　主色调？

甲　对，就是一幅画的主体色彩。

乙　哎呀，色彩我们这儿多得是呀。乡亲们，我们给大画家介绍一下好不好？

合　好！

乙　我先来。大家好，我是来自白花花村的村民，我叫大白。

丙　朋友们好，我是来自黑油油村的村民，我叫小黑。

丁　大家好，我是来自红彤彤村的村民，我叫红果。

戊　大家好，我是来自绿茵茵村的村民，我叫绿丫。

甲　哎哟，看来你们这几个村儿确实很有色彩感呀！

合　那是！

甲　（冲着乙说）哎，大白，你先说说你们村为什么叫白花花村呀？

乙　我们村因为盛产白花花的棉花而得名。我们的棉花质地柔软，手感舒适，吸水性强，纤维长，强度高，是优质的长绒棉。都说全球棉花看中国，中国棉花看新疆。大白大白，优质品牌。温暖全世界,传递中国爱!

合　好!

甲　看来你们村棉花色彩不错!

乙　那你画这主色调就用——

甲　用白色!

乙　好!

丙　等一下。

甲　怎么了?

丙　他白色不错,我这黑色就不行吗?

甲　我没那么说呀!

丙　我告诉你,我这黑色可比他那白色——

甲　怎么样?

丙　黑得多!

甲　嗨,这不废话嘛!

丙　知道我们村为什么叫黑油油村吗?

甲　为什么?

乙　因为你们村人长得黑呗!

丙　胡说,因为我们村呀地下有石油,山中有煤炭,河里全是珍
　　贵的墨玉。

甲　墨玉?

丙　(拿出一块墨玉给甲)看一下。

甲　哎哟,这就是墨玉呀!

丙　怎么样,漂亮吗?

甲　漂亮!

丙　送你了!

甲　送——我了?(舌头有点不太利索,半信半疑状)

丙　没错！

乙　哎呀，这可真叫黑呀！

丁戊　就是，这也有点太辣眼了吧！

甲　听到了吗？（凑到丙跟前小声说）

丙　听到什么？

甲　有群众举报。

丙　举报什么？

甲　说你这礼送得有点太辣眼了。

丙　那依你说，这礼应该怎么送？

甲　你应该呀——

丙　啊。

甲　今天晚上——

丙　嗯。

甲　凌晨2点——

丙　好。

甲　送我房间——你绕我呢你？（突然明白过来，把墨玉还
　　给丙）

丙　不是，我这礼不白送，我是请您给我们打广告的！

合　嘿！

甲　哎呀，看来你这个黑色也非常不错！

丙　那咱画儿这主色调——

甲　可以考虑用黑色！

丁　等会儿！

甲　你又怎么了？

丁　他那儿可以考虑，我这儿就一点儿都不考虑吗？（拉甲胳
　　膊，撒娇状）

甲　我没那么说呀!

丁　(语气突然变强硬)我告诉你,你刚才说什么我可都听见了。

甲　你听见什么了?

丁　你刚才让他——

甲　啊。

丁　今天晚上——

甲　嗯。

丁　凌晨2点——

甲　是。

丁　去你房间——啊?(质问语气)

甲　我——(害怕状)

丁　能不能把我也带上?(语气突转温柔,拉甲胳膊,撒娇状)

乙　嘿,这典型的美人计呀!

合　就是。

丙　大画家,你可千万不能上她的当呀!

丁　上什么当,就许你送玉石,就不许我送土特产呀!

合　土特产?

丁　没错!

甲　那好,红果,你说说你们村这个土特产。

丁　好! 我们红彤彤村,全力打造红色产业,大力发展农林果蔬。有红苹果、红葡萄、杏子、李子、红樱桃,红石榴、大红枣、草莓、树莓、红蟠桃、番茄、萝卜、红辣椒、玫瑰、红花、美人蕉,一年四季花妖娆,还有红装少女任你挑!

合　好!

丙　我嘛,明天就去挑一个。

丁　你忘了你老婆子给你说的话了？

丙　我老婆子说啥？

丁　（模仿哈萨克族腔调）哎，我告诉你，管好你那双眯缝眼，别给我到处乱放电。你要敢骚情胡捣蛋，我让你晚上睡羊圈。

甲　嗨！这可真幽默。哎呀，红果，看来你们村这个红色产业发展得非常好呀。

丁　那咱画这颜色——（撒娇状）

甲　用红色，就这么定了！

戊　等会儿！

甲　你又怎么了？

戊　别那么草率呀！

甲　噢，差点把绿丫忘了。这样，公平起见，咱们让绿丫把她们村讲完怎么样？

戊　这还差不多！

甲　绿丫那你说。

戊　（模仿维吾尔族腔调）我们村嘛，大力发展绿色养殖，种植了一种耐寒、耐旱的优质牧草。每次我看我们家那个牛羊吃得那么香嘛，噢哟把我馋的呀，我都想吃两口呢！

合　嚯！

戊　以后嘛，我们要让我们的牧草走向市场，保证一年四季，都有新鲜的牧草喂到你的嘴里……

合　啊？

戊　噢不，喂到我们全疆牛和羊的嘴里！

甲　哎呀，看来你们村这牧草产业发展得也非常好呀！

　戊　那咱这画儿这颜色——

甲　用绿色。就这么定了!

戊　我代表我们家的牛和羊谢谢你!

甲　不客气。

戊　今天晚上嘛——

甲　啊。

戊　凌晨2点——

甲　是。

戊　我把我们家的牛和羊——

甲　怎么样?

戊　都赶你房间去。

甲　嗨!你怎么也提这茬儿呀!

乙　够了!好你个大画家!

甲　怎么了?

乙　你见异思迁!

丙　你说变就变!

丁　你毫无主见!

乙　刚才还说我白色不错。

丙　说我黑色可以考虑。

丁　说我红色可以定下来。

乙　现在呢,却又看上了绿色。

合　就是!

乙　我问你,你是看上了绿色,还是看上了她呢?

甲　嗨,我是那种人嘛!

乙　我看你根本就不像画家!

丙丁　那像什么?

乙　你像花——甲!

合　花甲？

乙　对，你花心萝卜——甲天下！

甲　嗨！这哪儿跟哪儿呀！

乙　我告诉你，在我们新疆除了棉花，还有雪山、盐田、成群的牛、羊、马、骆驼，不都是白的吗？

丙　那牛、羊、马、骆驼，可也有黑的！

丁　没错，也有红的！

戊　就是，还有绿——

合　什么？

戊　噢，绿的好像少点啊。

乙　绿的那是蛤蟆！我问你，你说那牛、羊、马、骆驼它们有黑的？（对丙）

丙　有啊！

乙　你说它们有红的？（对丁）

丁　有啊！

乙　你们说的是它们的什么呀？

丙丁　我们说的是它们身上长的毛呀！

乙　我说的是它们身上产的奶！

合　奶？（惊讶状）

乙　对，奶！有黑的吗，啊？

丙　没有。（摇头）

乙　有红的吗，啊？

丁　没有。（摇头）

乙　要不，把你这黑的给大伙挤点儿？（对丙）

丙　我就算了。（双手捂胸部）

　乙　还是的呀！

甲　哎呀,看来你们村这个白色非常有代表性。

乙　那是。

丙　那我们黑色也不错呀!

甲　怎么呢?

丙　我们新疆表面虽是戈壁荒滩,可地下那都是石油煤炭,就像我们新疆人一样。表面上看着没什么,其实嘛,我们是十月怀胎——

甲　什么意思?

丙　肚子里有货呢!

甲　嗨! 这可真幽默,看来你们这个黑色也非常有代表性。

丙　那是。

丁　那这些年,我们新疆大地上,到处都流传着各族人民高举红旗、高唱红歌、红心向党的红色故事。现在我们老百姓的生活就像石榴花一样红火。大伙说,我这红色有没有代表性?

合　有!

甲　你这红色也非常有代表性!

戊　那这些年,我们呵护绿水青山,打造绿色家园,让荒漠变绿洲,戈壁变花园,把新疆打造成全国的旅游胜地,我这绿色有没有代表性?

合　有!

甲　你这绿色也非常有代表性。

乙　欸,那你得说说,我们哪种颜色最有代表性?

丙　哪种最适合你那个什么调?

丁戊　对!

甲　哎呀,你们这几种颜色都有代表性!

合　都有代表性？

甲　对，也都能当主色调！

合　都能当主色调？

甲　没错！

乙　哎，你不是说了嘛，一幅画只能用一个主色调嘛？

甲　是的。但是今天，你们让我真正了解了新疆，我们新疆是一幅多彩的画卷，只用一种色彩不足以描绘它的美景。所以我准备选用白、黑、红、绿等不同的色彩为主色调，创作一个系列的画作来展现我们大美新疆，大家说好不好？

合　哎呀，太好了！

甲　这样，为了感谢大家帮我找到了创作灵感，今天，我请客怎么样？

合　好啊！

乙　什么时间？

丙　什么地点？

丁戊　咱吃点儿啥？

甲　就今天晚上——

合　啊。

甲　凌晨2点——

合　嗯。

甲　到我房间——

合　是。

甲　放开了吃！

合　好！

乙　哎，说了半天，你房间到底在哪儿呀？

　甲　我房间呀——

合　啊。

甲　还没开呢!

合　嗨!

扫码获取
· 相声展演视频
· 经典相声作品

咱要反诈骗

作者：高鹏飞

甲　感谢大家的掌声鼓励！在座的都是喜欢相声的观众，很多朋友经常听相声，甚至有些朋友经常花钱买票听相声。

乙　（上台）大家不要给骗子转钱。

甲　怎么上来这么一位。我接着说，相声啊，是一门语言的艺术。

乙　不要相信骗子的语言。

甲　对基本功有很高的要求。

乙　现在骗子技术含量可高了。

甲　相声啊讲究四门功课。

乙　坑蒙拐骗。

甲　嗯？

乙　是骗子常做的事。

甲　咱们相声有很多技巧。

乙　一定要小心骗子的套路。

甲　但是相声表演起来却非常自然。

乙　很多骗术都很隐蔽。

甲　别看相声的形式简单。

乙　不要刷单。

甲　俩相声演员往台上一站，就跟聊天儿一样。

乙　也不要裸聊。

甲　你出去遛遛去吧！

乙　推我干吗？

甲　废话。你这上来神神叨叨的，又是刷单又是裸聊，说的都
　　是什么呀

乙　我在工作啊。

甲　什么工作？

乙　你不认识我？

甲　您是谁啊？

乙　我是咱们学校的反诈大使（故意说不清）。

甲　什么？

乙　反诈大使（故意说不清）。

甲　你把嘴里的袜子拿出来。

乙　谁嘴里有袜子？

甲　说清楚，是什么？

乙　反诈大使。

甲　怎么这么心虚呢。

乙　反诈大使，怎么了？你把我怎么着吧？

甲　干吗把你怎么着，就是问问，您是从事反诈骗工作的？

乙　对。

甲　那您主要都做一些什么样的工作呢？

乙　主要是给大家分享诈骗案例，普及反诈知识。为了做好反
　　诈工作，我是到处出差，四处宣传。

甲　您都去过哪里呢？

乙　来，给你看看工作餐，你就知道了。看这个，驴肉火烧。

甲　这是河北。

乙　油泼面。

甲　陕北。

乙　锅包肉。

甲　东北。

乙　烤腰子。

甲　呃……这是哪儿？

乙　缅北。

甲　啊？

乙　绵阳的北边，简称绵北，四川嘛。

甲　那这烤腰子？

乙　路过一家烧烤，点了一份烤羊腰。

甲　哦，吓我一跳，我还以为您也去境外当骗子了呢。

乙　我说话爱抄近儿。

甲　你抄近儿我绕远儿了，您说准喽，到底去的哪儿？

乙　绵阳。

甲　绵阳行，绵阳是个好地方。那照您这么说，你去的这些地方都需要进行反诈宣传？

乙　不止这些地方，是咱们全国的老百姓，都要加强反诈宣传。

甲　您这一说呀，我还真有疑问了，现在怎么这么多上当受骗的？

乙　因为现在这些骗子的骗术呀，层出不穷，花样太多了，而且漫天撒网，只要稍一不慎，就可能上当受骗。

甲　要我说，这些人也是笨。别人都不上当受骗，怎么就他上当受骗呢？

乙　那要按照你说的？

甲　我就不上当。

乙　你这是说大话。

甲　不是说大话，我根本也不知道这骗子有什么过人之处啊，他说什么我就别信呗！

乙　你想得太简单了。这样，我给你讲一个小甲的故事。

甲　小甲是什么故事？

乙　小甲呀，是个大学生，特别喜欢网购。网购知道吗？

甲　知道，我太喜欢网购了，我爸爸就是在网上买的。

乙　啊？

甲　衣服。

乙　您说话别大喘气呀。

甲　您接着说小甲。

乙　结果有一天，他接到了一个电话，说他快递包裹运输途中在中转站丢失，由于他购买了运费险，所以来电话给他理赔。如果你是小甲，你怎么办？

甲　我得先问问他是哪件快递。

乙　人家能把快递单号给你说出来。

甲　那我再问问能赔多少钱。

乙　赔偿金是快递原价的好几倍。

甲　那我就问怎么拿钱了。

乙　对方说理赔流程比较复杂，但是在手机上就能完成，需要和你共享屏幕，指导你操作完成，你觉得这个过程有问题吗？

甲　没问题呀。

乙　那你马上就上当了。

甲　怎么呢？

乙　在小甲共享屏幕后，骗子便追问银行卡的卡种、卡号等，且通过共享屏幕，骗子能实时看到小甲手机收到的验证码，随即将小甲卡内的钱款一并卷走。

甲　这就受骗了？

乙　对呀。

甲　那小甲为什么中间不会怀疑他呢？

乙　因为在这个过程中，每当小甲有所怀疑，骗子就会用一些话术打断他的思路，让他无法形成完整的思考，也就是说小甲的大脑被控制了。

甲　哦，那是挺厉害，不过我也不怕。

乙　怎么呢？

甲　我没钱呀，没钱他还骗我什么？

乙　你小看骗子了，他可以控制你。

甲　不就是控制我转账嘛。

乙　他还能控制你干别的。

甲　控制我干吗呀？

乙　贷款。

甲　嘿……缺不缺德啊？

乙　这样的骗术，屡试不爽。只要你在最初没有辨识出骗子的身份，一旦进入了骗子的节奏，就离被骗不远了。

甲　那我不买快递了，买东西还浪费钱，我做个兼职，挣钱，总不会受骗了吧？

乙　那我给你讲一个小乙的故事。

甲　小乙又是什么故事啊？

乙　小乙是一个大学生，业余时间想赚点儿外快。一天，小乙在网上搜索到一条招聘广告，是一个自称在某某平台刷单的兼职工作。刷单知道吗？

甲　知道啊，我就经常刷单……

乙　啊？

甲　位食堂的盘子

乙　又来了，您说话老大喘气。

甲　那什么是刷单呢？

乙　刷单就是帮助商家完成虚假的成交量，可以赚取佣金。根据对方提供的链接，他下载了一个App，进入App后他按照流程进行操作，刷了几单后就赚了50元的佣金，点击提现之后，本金和利息就都提现成功了。

甲　这多好呀！

乙　这个时候假如你是小乙，你会怎么办？

甲　什么怎么办？接着刷呀？

乙　这个时候你就要受骗了。

甲　怎么呢？

乙　小乙再次使用手机在该软件内刷单，刷单金额越来越大，在操作提现时，却被对方告知操作失误导致无法提现，需要继续补单才能完成提现，否则之前的金额将作废。此时，小乙心里特别着急，便按对方要求进行多次补单，还是无法提现，这才发现上当。此时，八万块钱已经没了。

甲　钱呢？

乙　都被骗子转走了。

甲　这小乙也是太贪心。其实啊，网上这种平台赚不到钱。

甲　你看看，刚还说要挣钱，这又说挣不到钱了。

乙　我是说啊，你用互联网得用对地方。

乙　依着你呢？

甲　别老想着赚钱，你拓展点人际关系。

咱要反诈骗

乙　拓展人脉？

甲　准不上当。

乙　我再给你讲一个小丙的故事。

甲　你给我讲一个烤串儿的故事吧。

乙　烤串儿干吗呀？

甲　废话，什么叫小"饼"的故事？

乙　甲乙丙吗，代号。

甲　您接着说。

乙　小丙是一个大学生，在一次实习的时候，接到了一个电话，说是上级公司的领导，领导知道吧？

甲　知道，领导嘛，我实习的时候就爱上了领导。

乙　嗯？

甲　领导……师参观公司的车间。

乙　您这是什么断句啊！

甲　这不跟你开个玩笑嘛。领导怎么了？

乙　这个领导加了小丙的微信，小丙感觉特别荣幸，过了几天，领导突然联系小丙，说有一笔转账，因为一些特殊情况没法直接给对方转，希望小丙帮个忙，他稍后把钱转给小丙。这个时候如果你是小丙，你帮忙吗？

甲　帮啊，给领导帮个忙，我实习转正更容易了，再说领导也给我钱，我也没受损失。

乙　那你就要上当了。

甲　我怎么又上当了？

乙　小丙满口答应，把钱转给了目标账户，然而钱到账后，领导突然联系不上了，电话打不通，微信也被拉黑了，这才发现，这个所谓的领导是个冒牌货。

甲　这个骗子简直太可恨了。

乙　骗子厉不厉害？

甲　是厉害。不过我认为啊，别老这么功利性，交点儿朋友，聊个天儿，别谈钱，准不上当。

乙　依着你，跟人聊天，就不上当？

甲　绝对不上当。

乙　我再给你讲一个小丁的故事。

甲　好么，甲乙丙丁，这算凑齐了。

乙　小丁是个大学生。

甲　倒霉倒霉这大学生身上了。

乙　小丁这人不贪财，有点好色，好色明白吗？

甲　明白，我就……

乙　怎么着？

甲　不好色。

乙　这回怎么没乱说？

甲　废话，这回乱说圆不上了。你接着讲小丁。

乙　小丁在社交平台上添加了一个陌生的异性账号，没有防备心的小丁，和对方聊了起来，聊到兴起，对方突然提议进行裸聊，还提供了专用的聊天软件。哎，面对这种邀请你怎么办？

甲　我……我别说了！同志们，我发现了，他这老得先问问我，给我挖坑，我啊，不上这个当！这回我问问你吧，面对这个邀请我不接受，你，面对这种邀请，怎么办？

乙　这个小丁啊就是……

甲　嘿……他也不回答了。

乙　我也不接受。咱说小丁啊。小丁在好奇心的驱使下，接受了邀请，然而却没想到，这个聊天软件是有木马病毒的，就在几分钟之后，对方就对小丁说掌握了他的裸聊视频和手机通讯录，如果不交钱，就把视频发给他的亲朋好友。无奈之下，小丁只好转钱，直到倾家荡产。

甲　那小丁赶紧报警呀！

乙　小丁报警之后，却发现骗子的 IP 地址都在境外，钱也被骗子转到了境外的账户上。

甲　看来啊，这个诈骗还真是防不胜防，咱们这个反诈工作太重要了。

乙　当然啦。

甲　那生活中怎么防范诈骗呢？

乙　防范诈骗，需要我们全社会共同努力。为了我们的财产安全，警察叔叔们采取了各种方式进行反诈宣传和专项行动，而我们自己也要行动起来：一是多听案例，加强学习；二是多长心眼儿，提高警惕；三是树牢三观，不贪便宜；四是慎重转账，不能大意。千万不要不以为然，盲目相信个人运气，如果遭遇诈骗情况，务必到公安机关报警登记。还有一点最最重要。

甲　哪一点呢？

乙　下载国家反诈中心 App。

甲　说得太好了！看您说了这么多，我发现您还真是个行家。哎，我还有个问题，您是怎么当上的这个反诈大使呢？

乙　我们这些案例都是来自受害者分享的真实案例。

甲　您没听清楚，我问问您到底是怎么当上的反诈大使。

乙　现在这骗子多可恨。

甲　您还没听清？我问问您到底是怎么当上的反诈大使。

乙　我一定要跟这些骗子斗争到底。

甲　您别到底,我问问您到底是怎么当上的反诈大使。

乙　你非得知道?

甲　我这不是好奇嘛。

乙　因为啊,我这些案例中大部分受害者都是我身边的人,其中啊,小乙是我亲戚,小丙是我邻居,小丁是我同学,小甲更是跟你和大家都认识。

甲　那这小甲是谁呀?

乙　是我。

甲　全上当啦!

扫码获取
·相声展演视频
·经典相声作品

华音外曲喜同堂

作者：唐巍　闫晋凯

甲　尊敬的各位领导，各位老师，亲爱的同学们，大家……

合　下午好！

甲　今天我俩给您说一回相声。

乙　没错。

甲　我们从重庆来。

乙　是。

甲　来自四川外国语大学。

乙　嗯。

甲　有人问呐。

乙　怎么了？

甲　四川外国语大学怎么在重庆呢？

乙　欸？（从甲方向转向观众）

甲　我问问你，有个河北工业大学。

乙　有。

甲　它在河北吗？

乙　那在天津呐。

甲　西藏民族大学，它在西藏吗？

乙　在陕西呀。

甲　那四川外国语大学？

乙　在重庆。(笑着表达，干净利落)

甲　那就对了。我们学校在重庆直辖之前，叫作四川外语学院。

乙　现在叫四川外国语大学。

甲　一说到我们学校，特别能体现出中外文化的交流。(双手交叉)

乙　没错。

甲　上次咱们参加的交流会，同学们是来自五湖四海。

乙　哪儿的都有。

甲　有上海的。

乙　有。

甲　北京的。

乙　对。

甲　福建的、重庆的。

乙　啊。

甲　甘肃的、辽宁的。

乙　唉。

甲　河南的、河北的、河东的、河西的。

乙　(表情变化：由笑到疑)

甲　还有和平的、静海的、武清的、南开的、红桥的、滨海的、北辰的、东丽的、宝坻的、西青的。(情绪上扬)

乙　你等等，咱学校啥名儿你再说一遍？(语气对比)

甲　四川外国语大学呀。

乙　都是天津同学。好，合着咱学校不说外语。(对观众)

甲　那说啥呀？

乙　说相声呀！（夸张轻松感觉）

甲　咱俩不就来了嘛。

乙　好嘛！

甲　有的同学学外语，也不容易。

乙　是吗？

甲　我就有个同学，重庆人。

乙　他是学什么的？

甲　韩语。

乙　韩语我知道，不就是"欧巴，思密达，撒浪嘿呦……"

甲　（拦乙）人家说韩语不这样。

乙　他怎么说？

甲　带口音。

乙　哦，有重庆味儿？

甲　哎。

乙　（好奇地）什么样啊？

甲　"（模仿韩语）昂尼阿瑟呦。"

乙　没听出来呀。

甲　"（模仿韩语）昂尼阿瑟呦，带你亲过呀。五星郭瑟呦，哈尼呦纳米哒。兄弟伙儿些，没得耍事，去吃火锅儿，思密达！"

乙　火锅都出来啦？！

甲　有些小语种，是入学之后才学的。

乙　接触时间短。

甲　刚开始说的时候，难免带上家乡话的特色。

乙　有点儿口音。

甲　我还有一个同学。

乙　哪儿人啊？

甲　东北人。

乙　他是学什么的呀？

甲　泰语。

乙　东北人说泰国话。

甲　平时说话这样儿，（动作）"你干哈去呀？吃饭没呢？上课去呀？挂科没呀？"

乙　这是东北锦州的。

甲　他说泰语也这味儿。

乙　是啊？

甲　"（模仿泰语）萨瓦迪卡呀，易逆大步拉木啊，空腻巍拉拉四塔木呐，锁锁完了吃饭噶。"

乙　（拦甲）行行行，这什么味儿啊？

甲　还别说，就他这口音，说那句泰语，最合适了。

乙　哪句啊？

甲　"（模仿泰语）塞班，塞班，塞班……"

乙　找狗来啦？

甲　我还有一同学，他……

乙　（拦甲）先别说别人了，你，会什么外语呀？

甲　（略迟疑）我呀？

乙　啊。

甲　（自信地）英、语！

乙　嗨，英语我们都会。

甲　我说出来，跟你们就不一样。

乙　你怎么说？

甲　"来是 come 去是 go，点头 yes 摇头 no，谢谢你是 thank you，welcome to 噭呜……"

乙　狼来啦？

甲　这叫什么话？

乙　你在这儿"欧儿"什么呀？

甲　我说的是啊，"Welcome to Chongqing Ho——me！"

乙　（清晰地说）"Welcome to Chongqing　Home."

甲　哎，欢迎大家来重庆玩儿！

乙　这好。哎，你刚才还说，外国的朋友也喜欢学习中国的优
　　秀传统文化。

甲　那多了！

乙　是啊？

甲　就拿我们那个外教老师来说吧。

乙　哪位呀？

甲　"扑腾"老师。

乙　谁？

甲　"扑腾"老师。

乙　这老师，教游泳的吧？

甲　游泳干嘛呀？

乙　你不"扑腾"老师吗？

甲　什么呀？就是非洲来的那外教，扑腾老师。

乙　那叫"扑腾"啊？

甲　啊。

乙　人叫Poter老师，Poter！

甲　Poter？哦，对！他复姓Poter。

乙　嗯？

甲　名叫Harry。

　乙　哈利·波特呀！

甲　就那个老师吧。

乙　他怎么了？

甲　喜欢我们中国的京剧。

乙　非洲的老师唱京剧？

甲　他还上台演出呢。

乙　哪出啊？

甲　《铡美案》。

乙　哦，包公戏。

甲　就爱唱这出！

乙　怎么偏爱包公戏呢？

甲　他上台，不用化妆啊！

乙　黑脸么。

甲　那天他唱一回，让我赶上了。

乙　怎么唱的？

甲　（拉乙右手）"驸马！"

乙　这就来啦？

甲　"（唱）驸马爷，近前看端详，上写着秦香莲她 thirty-two

　　years old…Let the paper on my 大堂上！Thank you 啊……"

乙　别 Thank you 了！这什么词儿啊？

甲　他呀，没学会，就敢唱，唱不明白，愣拿英语往上撞。

乙　看来是真喜欢。

甲　不光他喜欢，我也喜欢。

乙　你喜欢什么？

甲　我喜欢外国的歌曲。

乙　哪首啊？

甲　《喀秋莎》。

乙　哦,俄罗斯经典歌曲。

甲　我还能用中国的乐器演奏。

乙　什么乐器?

甲　二胡。

乙　用中国的二胡,演奏外国的歌曲?

甲　哎!

乙　这可新鲜。那这样,今天在这儿,你给我们来来。

甲　在哪儿?

乙　就在这儿。

甲　啊?

乙　对,(带动观众鼓掌)大家伙儿都愿意听。

甲　好! 就冲大伙儿这么热情的掌声,就冲这么热情的掌声……

乙　(再次带动观众鼓掌)

甲　(热情地)就冲这么热情的呐喊声!

乙　(带动观众)

甲　来不了。

乙　来不了你乐什么呀?

甲　确实不行啊。

乙　怎么?

甲　没二胡。

乙　你说什么?

甲　没二胡!

乙　没二胡? 哈哈哈……我有! 等着。(下场)

甲　嘿! 他有,来的时候没听他说带二胡了。

乙　大伙您瞧,我这什么都有!

甲　(接过来摆弄)这、这是二胡啊?

乙　废话。

甲　哦。（把二胡扛肩上）

乙　等等！你这干嘛呢？

甲　小提胡。

乙　小提胡？拿法都错了。

甲　哦，对对。（吹奏动作）

乙　那有眼儿吗就吹？

甲　萨克胡。

乙　没听说过，这一看就不会呀。

甲　谁不会？

乙　会你弄出声儿来。

甲　弄出声儿？

乙　对呀！

甲　（演奏单音）有声儿了。

乙　这叫有声儿啊？我们得听旋律！

甲　旋律，早说呀！听着。（演奏三滑音）

乙　嗯，听出来了，你爸爸是木匠。

甲　你爸爸是瓦匠？

乙　你这什么旋律呀？跟锯木头似的。

甲　这不行吗？

乙　我们要听《喀秋莎》。

甲　《喀秋莎》，行，不过，我在这儿演奏，你干嘛呀？

乙　我？你要能用二胡演奏出来，我就能用俄语唱出来！

甲　俄语演唱？

乙　哎！

甲　来。（试音）

乙　（向观众）他呀，不行。

甲　（演奏《喀秋莎》前奏）各位，怎么样？

　　（观众鼓掌）

甲　（问乙）唱吧。

乙　再！见！（欲下场）

甲　（喊住乙）回来！你干嘛去？

乙　（支吾）我……演唱之前热热身。

甲　没听说过，唱！

乙　我、我……唱就唱，来！

甲　（演奏《喀秋莎》）

乙　"（俄语演唱）拉丝维塔利 亚伯拉尼 依格鲁，帕波列利 突玛尼 那得列奎，维哈迪 啦那布列各 喀秋莎……（汉语唱）今天晚上特别想吃萝卜，家里没有到超市去买吧，我到超市买了四个萝卜，买完萝卜回家切萝卜。"

甲　你这是《喀秋莎》？

乙　我这是切萝卜。

甲　别唱了！

扫码获取
· 相声展演视频
· 经典相声作品

新扒马褂

作者:马远清

乙　刚才的相声都很不错。

丙　都挺好。

乙　这一场给我们三个换上来了。

丙　没错。

乙　三个人的相声啊,平时也不多见。

丙　诶,我们演的对口居多。

乙　既然是群口相声呢,那么每个人就都得说话。(戳甲)

丙　哦,这儿还杵着一位呢。

乙　这位一上来就板着个脸,也不知道什么意思。

丙　准是晚上吃什么不干净的了。

乙　咱们接着说咱们的。上台来得做个自我介绍。

丙　得介绍一下。

乙　我叫×××,是×××的学生,不用鼓掌。

丙　这也没人鼓啊。

乙　您也介绍一下自己。

丙　我叫×××,是×××的一名小队员。

乙、丙　(一块看甲)

乙　(赔笑)我们三个人呢也是认识很多年了。

丙　没错。

乙　在台上呢，我们是默契的搭档。

丙　是。

乙　其实在台下呢，我们的关系也非常的……

甲　不——好——

乙　吓我一跳。什么毛病啊你？上台来第一句话就来这个？

甲　我们这关系哪儿好了？

乙　不好吗？

甲　当然不好了。

乙　怎么了？

甲　就很多人啊，就喜欢靠这个拙劣的演技出风头。

乙　谁出风头了？

甲　朋友们，我可是个逗哏演员啊，跟他们能一样吗？

乙　逗哏演员又怎么了？

甲　逗哏演员那可是一段节目的重中之重啊。

乙　您这是要改段论捧逗。

甲　改段论捧逗干吗，就说我这个关注度他就理所应当地高啊。

乙　凭什么啊？

甲　我们一起入队也这么多年了，为什么风头就被别人抢了，就没人认识我？

乙　也没说不认识你啊。

甲　各位熟悉咱们小剧场的观众可能知道，这两年每次小剧场结束了之后呢，我们都会发一个小小的问卷。

乙　让观众稍微评价一下。

甲　你就看吧，最多评价那个。

乙　说谁啊？

甲　×××

乙　这是我们队长啊。

甲　说人家相声基本功扎实，节奏把控得好，嗓子还那么敞亮，让人听得就那么舒服。

乙　人家业务水平高啊。

甲　再看下一个，×××。

乙　这是我们队长前任，啊不，前任队长。

甲　观众说了，人家演技非常了得啊，尤其是这个面部表情让他运用到了极致。

乙　是，他这个眉毛也是一绝了。

甲　再往下看，×××。

乙　这是我们业务副队长。

甲　人家夸他创作能力真强，原创的新相声节奏又好，包袱又多又可乐。

乙　人家有才。

甲　我再往下翻了半天，终于翻到我名字了。

乙　怎么说的？

甲　长得真可乐，嘿！

乙　嗐。

丙　你别说，人家观众说得还挺对的。

甲　对什么啊，我长得可乐？让大家瞧瞧我这，标准精致的脸，我长得可乐？

乙　您也属于是有点儿过分自信了。

甲　不管怎么样吧，总比他好多了吧？

丙　提我干嘛！

新扒马褂

甲　瞧这倒霉模样,脸长得坑坑洼洼的,本来就没几根毛还弄成卷的。

丙　我是那样吗?

甲　整个就一月球表面放了点儿过期海带丝。

丙　没听说过,哪儿有你这么损人的。

甲　所以说我就不乐意跟你们同台,忍了这么多年了。

乙　不乐意你就走呗。

甲　我还就真要走,不在你们这儿待着了,告辞。(下台)

丙　哎,回来回来。

乙　他要走你就让他走呗,乐意退队就退,多他一个少他一个又没影响。

丙　他爱去哪儿去哪儿,我不拦着,我跟他说两句。

甲　干什么? 跟你说啊,道歉也没用,知道吗?

丙　谁要跟你道歉啊! 我问你啊,你当真要走?

甲　这哪儿有假的,你要不拦着我,我早到校门口了。

丙　好,走了可就不回来了是吧?

甲　谁走了还回来。

丙　可是当真不回来了?

甲　从此我们就不见面了,好吗?

丙　好,马褂给我脱下来,脱了!

甲　诶,诶,干什么?

丙　别废话,给我脱了。

甲　哞——哞——

乙　你是要给人挤奶是怎么着?

甲　没事儿老动什么手啊?

丙　废话。

甲　胳膊这么短，解别人扣子倒是挺快。

乙　有生活。

丙　什么我就有生活！

乙　不是，您也先别动手，这是怎么回事？

丙　什么怎么回事，他穿那个马褂是我的。

乙　哦，(对甲)你穿的这个马褂是人家的，有这回事儿？

甲　……对！

丙　我怎么都觉得我有点儿理亏。

乙　有这回事儿你还理直气壮的啊，还给人家啊。

甲　不是，你不懂，这不能还啊。

乙　凭什么啊？

甲　还凭什么，就是，我现在还给他啊，他当场就敢给这衣服
　　撕了。

乙　您这都不像话。这人家的马褂，人家爱怎么着怎么着，人
　　家绑墩布头上拖地也跟你没关系。

丙　我闲的啊！我拿马褂拖地。

乙　就举个例子，怎么处理是人家的事。

甲　不是，我不能还他啊。就这个马褂啊，我不是打他手里
　　借的。

乙　啊？

甲　到时候那人来找我要，我拿什么还啊？

乙　那打谁手里借的呢？

甲　我从他爸爸那儿借的。

乙　这怎么回事儿？

甲　这不之前嘛，我们有位老教授过七十大寿啊，我们就去给
　　您老先生祝寿去。

乙　啊。

甲　老先生啊比较传统，喜欢这个传统的礼服啊，我们几个师兄弟就琢磨着穿这个马褂去，这是我们国家传统的礼服啊。

乙　是。

甲　但是这东西啊咱家里也没有，买一个也太贵，还不如借一件啊。

乙　便宜点儿。

甲　诶，我就想到了，海带丝儿他爷爷有一件啊。

丙　别乱给我起外号成吗？

甲　我就上他家去了。正巧啊那天他父亲在家呢，看见我很亲切啊，来兄弟快进来，坐！

丙　谁爸爸跟你是兄弟啊？

甲　对，就说好孩子快进来坐，有什么事儿啊？我就跟他说了这么个事，说想借一下您家这个马褂。

乙　哦。

甲　叔叔也很豪爽啊，进卧室从衣柜里翻出来这么一件，就借给我了。我说这什么时候还您啊？人家说了，不着急，先穿着，但是有件事情得嘱托一下你。

乙　什么事情？

甲　我儿子×××啊，在外面跟人说话经常……

丙　谁是你儿子啊？

甲　这不转述吗。

丙　转述也没这么转的知道吗？就说我名字就行了。

甲　对，就是说他，在外面跟人说话经常云山雾罩，着三不着两。难免地就被人给问住了，他又答不上来啊，脸上就难看了。

乙　尴尬了。

甲　你啊,能说会道,哪天碰见×××让人家给问住了呢,或者说得不像话了,你就帮他把这话头接过来,给他圆个场,让他别那么难堪。

乙　哦,是这么回事。

甲　所以说啊,我这是有任务在身,他这个马褂啊我不白穿,懂了吧?

乙　懂了。丝儿哥,您也别着急。

丙　什么就丝儿哥啊!

乙　人家说了,这马褂是您的,但是人家也不白穿。

丙　啊?

乙　说您呐,说话不着边际,云山雾罩的,(等会儿等会儿)经常天上一脚地上一脚……

丙　谁说话云山雾罩了?

乙　您难免哪天跟人说话,让人问住了,尴尬得下不来台。

丙　不至于的。

乙　他说了,您这一尴尬啊,自己还没法解释,恨不得自己把鞋脱下来抡自己脑袋,躺地下打滚,抱着电线杆嚎叫,社会影响不好……

丙　等会儿吧!他说了吗? 这是他说的吗? 别自己添油加醋行吗?

乙　这不是合理推测么。

丙　哪儿合理了?

乙　总之吧,人家这马褂不白穿。走大街上万一您说话出了什么差错,人家能替您圆着说。

丙　我用他替我圆着说吗。再说了,他就这么一解释,这马褂就归他了？就不还了？

乙　嗨，怎么能不还呢。

丙　那什么时候还？什么时候给我？你说，什么时候还给我？

乙　我又没穿你跟我急什么啊？你问他去啊！

丙　说吧，什么时候还我？

甲　多穿两天呗。

丙　成，明天早上给我送去。

甲　太短了吧，再多几天啊。

丙　那你说穿多久。

甲　两……四、五、八个月！

丙　你这涨得够快的啊！不行，就三个月。

乙　合着这马褂还是按季度租的。

甲　三个月加一礼拜。

丙　三个月零三天。

甲　零六天。

丙　四天。

甲　五天吧。

丙　行，三个月零五天，说好了，到时候早上送我宿舍来。

甲　要不你过来取吧，我还能多穿会儿。

丙　至于的吗？不行，我懒得动，你给我送来。

甲　要不这样，咱们取个折中的办法。

丙　这怎么折中啊？

甲　这样，把你的床位和我的床位啊，在空间上做个连线，然后呢，我们再找到那个中点，到时候我们就在那儿交接。

丙　也行吧。

乙　什么就也行啊？

丙　你住几号楼？

甲　28号楼啊。

丙　这么巧，我也28号楼。

甲　你住几层啊？

丙　2层啊。

甲　这么巧，我也住2层，你住哪屋啊？

丙　我254啊，你呢？

甲　巧了，我253。

乙　哦，合着掰扯半天你们俩就住对门啊！

甲　行，那就这样，到时候咱们就在这个253.5这个屋见面。

乙　哪儿有这个屋子啊？

丙　就这么定了，早上10点到这儿给我送来。

甲　11点吧。

丙　10点半。

甲　10点35。

丙　10点33。

甲　10点33分25秒。

丙　10点33分22秒。

乙　行啦！就3秒钟还跟这儿争竞什么啊？

甲　那就这么说好了，我先走了。

丙　诶，等会儿等会儿，怎么着还是要走是吧？

甲　不是，这不是说好了之后还你嘛，还有啥可说的？

丙　我们这不也是好久没见了吗，我们俩聊聊天儿。

甲　还有啥……可聊的啊，天儿也不早了，而且我还有点
　　儿事儿……

丙　你要走，你现在就给我脱这儿。

甲　行行行，不走了行吧？不走了。

丙　跟这儿待会儿，聊完了到时候一块儿走。

乙　得了得了，这不就不走了吗，挺好挺好。

丙　哪儿就好了？

乙　怎么了？不是说不走了吗？

丙　多新鲜呐，不走了就行了？刚才诽谤我半天，什么我就说话云山雾罩，着三不着两？我是那样的人吗？

乙　您这动作倒是有点着三不着两了。

丙　这话就可气，我怎么就说话天上一脚地上一脚了？说实话，那都是他们不了解我。

乙　是啊。

丙　再说了，我至于的吗？咱有必要吗？

乙　怎么的？

丙　各位可能对我不大了解，我喜欢交朋友。

乙　哦。

丙　诶，我就喜欢广交朋友，从小到大，这么多朋友，咱就是人缘好。

乙　是啊。

丙　您说，我要是说话云山雾罩，着三不着两，能交到这么多朋友？

乙　那确实。

丙　还是的嘛，所以他这话我就不爱听。

乙　是。

丙　就我跟我这些发小们，我们一起吃饭，一起看电影，出去玩儿，那都是我请。

　乙　都您请？

丙　那是,阔绰啊。我们还经常一起去运动,打打篮球啊,踢球什么的。

乙　哦,多运动好。

丙　就上次我们还一起去球场踢球去呢,就这次太可乐了。

乙　怎么的?

丙　我们小伙子嘛,年轻力壮的,难免这个争抢就比较激烈。

乙　嗯。

丙　也不知道谁一脚劲使大了,给那个球踢飞了,飞得又高又远,最后直接飞到国外去了。

乙　不是您等会儿吧……

丙　可把我们吓坏了,还找人家老外交涉半天我们才把球给拿回来,手续可麻烦了……

乙　行了,您先歇会儿,我感觉您健康状态有点儿欠佳了。

丙　怎么了?

乙　您跟朋友踢球,一脚把球踢国外去了?

丙　对啊。

乙　还到了国外去跟外国人交涉才把球拿回来?

丙　真事儿啊。

乙　您这个就叫云山雾罩了您知道吗? 这怎么可能呢?

丙　不可能吗?

乙　那当然了,这不胡说八道呢吗!

丙　它真的飞到国外去了啊,您不信啊?

乙　不信啊。

丙　你问他去啊。

乙　(看甲)这事……他知道?

丙　对啊,他也看见了,我们当时在一起的啊。

乙 行,您先歇会儿,我问问他。(叫甲)

甲 您找我有事?

乙 诶,就是跟您打听个事情。

甲 您说。

乙 就说有这么一帮人啊,他们去球场上踢球,有这么个小伙子啊,这么一脚劲使得大了,直接把球踢飞了。

甲 啊啊。

乙 然后这球啊就呜——bia地就这么掉到国外去了,这帮人啊还去国外跟老外交涉好久才把球给拿回来。

甲 您这就有点儿幽默了哈。

乙 你看看。

甲 跟我胡说八道嘛这不是,能把球踢到国外去?傻子都不信这……

丙 给我脱了,脱了!(上手)

甲 诶、诶,干什么?

丙 脱了。

甲 哞——哞——

丙 少来这套,给我脱下来。

甲 干吗啊,不是说好了三个月零五天后的早上10点33分22秒去253.5还吗?

乙 这记得还挺清楚。

丙 别废话,给我脱了。

甲 别脱啊,我不走了。

丙 不走了就行了?这球踢到国外去这事,我说的。

甲 啊,就这把球愣能踢到国外去,这是他说的?

乙 没有——

甲　有——

丙　（乐）这不完了吗，你问他去。

乙　这事儿真有？

甲　太有了。

乙　太好了！今天我算是来着了，来跟您学习学习新知识。

甲　有，有，绝对有。

乙　那您给讲讲怎么回事儿吧。

甲　这个……这个你不知道啊？

乙　我不知道啊。

甲　不知道没关系，听我跟你讲啊。

乙　啊，你讲讲。

甲　这个东西是怎么回事儿呢？它其实就是这么一回事。因为什么呢？这个啊也不是一两句话就能说明白的事情，说多了呢又显得冗长没有意义，所以呢它就是这么一回事，懂了吧？

乙　说什么了我就懂了。

甲　不是哎呀，你这个人脑子太笨，说这么明白都懂不了。

乙　这哪儿明白了？

甲　这不，马上，三句话，123321，这还用我说吗？

乙　你倒是说啊！

甲　哦，合着还得我告诉你是吧？

乙　多新鲜呐，咱这说半天干吗呢，你得给我解释一下这球它为什么能飞到国外去呢？

甲　这事情其实本来就是很显而易见的。

乙　怎么呢？

甲　你想啊，一堆小伙子，大家约好了，去踢球。

乙　对啊。

甲　选了个好日子，找了个好球场，草皮很好，阳光也很明媚。

乙　啊。

甲　然后，诶，大家玩儿得尽兴了，一不小心，把这个球给踢飞了。

乙　那它怎么到国外去的呢？

甲　它，它爱去哪儿去哪儿，管得着吗你，多管闲事！

乙　啊？

甲　真的是，人家把球踢国外去碍到你事了？啊？你吃不到水果捞就赖别人把球踢国外去了？

乙　谁赖人家了？

甲　还是的啊！所以说啊，大千世界无奇不有，告诉你这么一个生活小妙招。

乙　什么？

甲　以后啊，知道的事情再去问别人，自己不知道的事情啊，压根儿别问。

乙　我凭什么啊我！

甲　多悠闲。

乙　不是悠闲不悠闲的问题。他说，他当年踢球把球踢到国外去了，我就好奇这么个事，就跟您打听一下，您要是真不知道啊，您就直说了行吧。

甲　不不，知道啊，怎么不知道。

乙　知道了你倒是说啊。

甲　首先吧，首先这个事情啊，它不是今天发生的。

乙　啊对啊。

　甲　它是以前发生的。

乙　没错。

甲　所以啊这里就必须要注意了。

乙　嗯？

甲　以前，换个词来说它就叫过去啊。对了，注意啊，易错点可就来了。

乙　什么叫易错点啊？

甲　这个时候啊，你就必须得用过去时，诶，动词的时态一定要注意，错了就容易扣分。

乙　你等会儿吧……

甲　这个过去时也分很多种啊，像什么一般……

乙　打住！打住！怎么就又讲上小学英语了是吗？

甲　不是，就是说啊，这件事就已经是过去的事了，诶，过去的事就都已经过去了，将来的事呢谁也不知道，所以现在呢我就在这儿给你讲这么个事情的原因，对吧，总而言之言而总之呢，不管在什么时空里他都是这么一件事儿，明白了吧？

乙　不不，我有点儿恍惚了。

甲　讲这么清楚了都听不懂吗？

乙　您这说半天一句人话没有啊，全是话佐料。

甲　就是这么个意思，你不就是想问为什么球会被踢到国外去吗？

乙　对啊。

甲　这个事情就很简单啊。

乙　嗯？！

甲　为什么呢？

乙　你问我啊？

甲　没有,就是,这只是个设问句,引人思考知道吗?

乙　啊。

甲　设问句知道是什么意思吗? 这是一种写作的手法,这个问句分很多种,他有这个……

乙　等会儿等会儿,改了小学语文了是吧? 您这义务教育还挺扎实。

甲　就是说接下来我要公布答案了。

乙　你早该公布了。

甲　首先啊,我们就得明确一个概念啊。

乙　什么概念?

甲　什么叫足球。

乙　你是当我傻子吗?

甲　不不,您可能知道足球是什么,但是球和球那是不一样的。

乙　这还有区别?

甲　您平时见的那个,一块黑一块白的,那个可能叫足球。

乙　人家就叫足球。

甲　但是还有别的球啊,你看这个乒乓球、篮球、排球,这些都是球。

乙　提这个干啥?

甲　还有这个最近新开的这个,环球影城,就上面贴着一堆英文字儿那个地标,那也是球;还有他这脑袋,也能算个球。

丙　没事说我这个脑袋干吗?

甲　诶,就是说不同的球啊它的意义、用途就不一样,但是啊,很神奇啊朋友们,它们竟然有一个共通点!

乙　什么呢?

甲　都是球啊。

乙　废话。

甲　哎,这些球都是圆的。

乙　不是,这跟我这个问题有关系吗?

甲　有关系啊,你得了解这个球的特性,你才能知道它怎么飞到国外去的啊。

乙　哦。

甲　圆形的东西啊,它就有很多特性,你知道什么叫圆吗? 它就是啊,这么一些个到定点距离相同……

乙　等会儿,又改了小学数学了是吧?

甲　这不是讨论足球的特性呢吗? 就是说足球是圆的,我们在地球上踢这个足球,地球呢,它也是圆的。

乙　啊?!

甲　这两个圆他就能产生一些联系啊,像什么内公切线,外公切线,这个你可能就不太理解了啊。什么是外公呢? 就是你母亲的父亲,换个词说就是姥爷,但要是你父亲的父亲呢,这个就得叫……

乙　爷爷啊。

甲　哎! 还真是一点就透啊。

乙　不是,别答应行吗?

丙　诶嘿! 我是真没想到这儿还能捞着一个嘿!

乙　你又跟着乐呵什么啊?

丙　多可乐啊。

乙　这哪儿可乐了? 你让他接着说。

甲　我接着说啊。

乙　嗯。

甲　这个妈妈的兄弟呢,你就得叫舅舅。

乙　谁让你接着说这个了。

甲　那我？

乙　说为什么这个足球它能飞到国外去。

甲　哦，是这么个问题。

乙　你玩儿我呢是吧？

甲　别着急啊，要回答这个问题，我们必须明确这么一个概念啊。

乙　怎么又明确概念啊！

甲　什么叫国外呢？

乙　你跟我这儿名词辨析来了是吗？

甲　国外啊，他就是外国的意思。

乙　多新鲜呐。

甲　注意啊，这件事情很神奇，国外他就是外国的意思，但是母猪和猪母可不是一个意思啊。

乙　有猪母这个词吗？

甲　有啊，珠穆朗玛峰啊，它这个海拔啊……

乙　行了回来吧，我也多余问这个。

甲　对啊，别打岔，我这儿说正事呢。

乙　哦，还赖上我了。

甲　你看你这么一捣乱，我这思维就全乱了，还得重来。

乙　重来吧。

甲　说这个我们有位老教授啊，过七十岁大寿。

乙　打哪儿来啊？

甲　不记得了吗？这不是……

乙　就说到国外了，知道吗？从这儿来。

甲　啊对，说到这个啊国外就是外国，那什么叫外国呢？

丙　就是国外呗。

甲　你看，丝儿哥很聪明，这就是一个举一反三的事儿。

乙　你也别捣乱行不行。

甲　这个外国啊，他的意思就是，不是中国。

乙　废话嘛。

甲　不不不，这哪儿是废话啊！为什么非得是中国，不是美国、德国、法国什么的？这就涉及一件非常巧合的事情了。

乙　啊。

甲　我，是一个中国人。

乙　嗯。

甲　你，也是个中国人。诶，怎么就这么巧，丝儿哥也是个中国人。

乙　这哪儿巧了？

甲　我们都是中国人，所以我们说的外国才是外国，明白了吧？这是一件很神奇的事情，要是比方说你是朝鲜人，那就……

乙　怎么了这是？

甲　啊——

乙、丙　（倒）

甲　你们俩吓我一跳。

乙、丙　谁吓谁一跳啊？

甲　对啊，朝鲜嘛。他这个球不是在咱们学校踢的，人家是在这个边境踢的，诶，辽宁有这么一个丹东市啊，他们就在这个河边踢球，诶就这么一不小心，这球就飞到对面朝鲜去了，朝鲜人就很害怕啊，以为我们这是宣战啊。还好他们赶紧去跟人说明白了，这才化解了危机，把球拿了回来，是这么一回事。

乙　哦,是这个意思,那你这差点儿酿成国际事故啊!

丙　没有啊,没有,没听说过。

乙　不是啊?

丙　不是,就是在北京踢的。

甲　非得在北京吗?

丙　对啊。

甲　不能通融一下?

丙　这有什么可通融的。

乙　许是这个离京审批没通过。

甲　(对丙)不是你跟谁一拨儿的。

丙　不是,什么叫跟谁一拨儿的,那么宽条河谁踢得过去啊!
　　还核危机,你这人说话不能胡说八道啊。

甲　谁说话胡说……

丙　你这马褂还穿不穿?

甲　啊对对,刚才我胡说八道的,就是在北京踢的。

丙　诶,这不完事了吗。

乙　哦,那又改了,就在北京了。

丙　什么叫改啊,本来就是。

甲　啊对,就在北京。

乙　那您再给说说这是怎么回事呢。

甲　这个事情就很简单啊,北京啊,它就不在我国的边疆了。

乙　对啊。

甲　北京是我国的首都啊,对吧,它这个球,就是,球,求求你告
　　诉我为啥吧?

　乙　谁告诉谁啊? 你不是知道吗?

甲　对啊,我是知道啊,别着急啊。

乙　我还不着急呐!

甲　它这个北京,就是跟国外,就是交流……啊——

乙、丙　(倒)不是你老这么一惊一乍的可不行啊。

甲　我知道了!

乙　知道了你说不就完了。

甲　他这个外国啊,根本就不是外国的领土。

乙　这什么意思?

甲　就是,北京市里啊,为了进行这个国际交流啊就建有好多的这个领事馆啊大使馆啊。他们这个足球场啊,就恰好挨着这么个大使馆,一不小心把这个球踢高了,诶,跨过这个护栏掉到人家大使馆院子里了。然后啊他们去跟人家大使交涉,说明这个情况,才把球拿出来。

乙　哦,是这么回事儿。

甲　对,不是踢到外国领土上去了,就是不小心踢到外国大使馆的院子里去了,他这么一简化,就给说成外国了,其实就是人家外国的大使馆! 怎么样?

乙　那我懂了,你早说不就完了。

甲　我也得早能想得到啊。

乙　真行啊,真行,瞧这汗出的。

丙　(换过来)兄弟,兄弟,真棒!

甲　少来这套。

丙　真不错。

甲　别来这个,像话吗这个? 打北京一脚球愣能踢到国外去?

丙　我这人说话爱抄近。

甲　是,你是抄近了,我绕多大远了我,你幸亏没说你给踢火星上去。

丙　嗨,哪儿能飞火星上去。行,兄弟,真可以真可以。

甲　就别废话了,说说这个吧。

丙　这……怎么了?

甲　还是三个月还?

丙　嗨,没事,再穿一个月。

甲　俩月吧?

乙　又来了。

丙　就一个半月,行吗? 再多穿一个半月,就这么着了。

甲　行。

丙　得了,你歇会儿,我再聊两句。

甲　还聊啊? 差不多得了。

丙　没事再聊两句,你歇着吧,待会儿一起吃饭去。

甲　行吧行吧,少说两句啊。

丙　您明白了吧? 其实就是这么一回事儿。您说,我这说话是云山雾罩吗? 这不过就是,话说出来之后,抄了近了,有的人他就没听懂,稍微一解释这不就明白了吗。

乙　哎,对了,确实是稍微这么一解释。

丙　我这人啊就是这样,爱交朋友啊,也喜欢运动。

乙　看您这体型倒是不大像。

丙　不能看这个外在的表象,这还是主要得看内在的。

乙　头一回听说这还能看内在的。

丙　那可不是,我这天天做的运动可多了。

乙　是吗?

丙　诶,打这个球、那个球,玩儿的那些你都没见过,知道什么叫台球吗?

乙　这我凭什么不知道啊。

丙　咱会的可多了，比如说什么高尔夫啊、骑马、射击、这个
　　击剑……

乙　这您都会？

丙　那当然了，咱就有这么一个好体格。

乙　您这是又要串大保镖是吗？

丙　串大保镖干嘛，就是说我这个身体素质特别好。

乙　是啊，喜欢击剑嘛。

丙　这是一个正经的体育项目知道吗？

乙　啊对对。

丙　当然了，我这个好身体啊也不仅仅是因为这些个相对小众
　　一点的运动。

乙　哦，那是。

丙　我还经常晨跑啊，大早上起来就去锻炼，强化咱这个体格。

乙　是吗？

丙　前几天我也是啊，早上五点半就起来了，去"东操"，晨练。

乙　嗯。

丙　那次可有意思了，要不是出门着急忘带手机，我真应该录
　　下来给你看看。

乙　怎么了？

丙　我到了"东操"啊，这不是有那个铁门吗？

乙　对啊。

丙　我推开门走进去，就跟到了仙境一样，过了一会儿啊，我就
　　看那个操场上，一个一个的就冒出来了一堆神仙啊，他们
　　手里还有一堆法器啊，有的拿着有的扛着……

乙　您等会儿……打住，我有点儿没听明白啊。

丙　怎么？

乙　早上，"东操"。

丙　对啊。

乙　就从这个操场上一个又一个地钻出来一堆神仙。

丙　啊，亲眼看见的啊。

乙　你这又胡说八道了，这怎么可能呢？

丙　什么叫又啊，你还是不信啊？

乙　我不信啊。

丙　你问他去啊。

乙　（看甲，相视一笑）来来来，我问您个事儿。

甲　怎么您也想被踢出个国？

乙　什么就出国。我问您啊……

甲　没事儿不用问了，我知道了。

乙　嗯？

甲　是这么一回事，为什么这个球会被踢到国外去呢，他其实不是真正的国外，（乙：可以了）就是踢到其他国家的大使馆院里了，您知道吧？

乙　行了知道了，我没问你这个。

甲　哦，不是问这个。

乙　我这儿有个新问题。

甲　啊您说。

乙　就有这么个人，他早上五点半起来去东操晨练。

甲　也是浪催的。

丙　这怎么说话呢？

乙　这不是本质。重要的是他去的时候看到一堆神仙从操场上一个一个地就冒出来了，还都拿着法宝法器什么的，您说这是为什么呢?

甲　你没发烧吧?

乙　嘻。

甲　你这不扯淡呢吗?"东操"钻出神仙?还带着法器?西游看
　　多了?

乙　您的意思是这事儿没有?

甲　那怎么可能呢?这不是纯瞎掰吗!

丙　给我脱了,脱了!

甲　诶诶,等会儿等会儿,不是刚说再多穿一个半月的吗?

丙　别废话,脱了脱了。

甲　哦,刚才那事儿是他说的?

乙　对,没有?

甲　有——

丙　这不完了吗,你问他吧。

乙　真有?

甲　太有了。

乙　那这是怎么回事呢?

甲　他做梦呢。

乙　啊?做梦啊!

甲　对啊,这不很正常吗?大早上还没睡醒,其实他就是做梦
　　梦见的这些

乙　你让大伙瞧瞧。(对丙脸凑过来)

丙　嗯?

乙　(掐)疼吗?

丙　疼。

乙　你看,不是梦吧?

丙　废话，现在做什么梦啊！

甲　那时候……

丙　那时候也不是做梦啊，给我整懵了都。

乙　听见没，人家说了，不是做梦。

甲　不是梦啊。

乙　您这理由不行。

甲　就当是做了个梦呗。

乙　这哪儿有当的啊，就不是。

甲　没做梦这不是瞎掰呢吗。

乙　你说什么？

甲　没有没有，我的意思是啊，这个事情他就是这么个道理，我不说呢你也不会明白，我一说呢你就懂了，一来一回，他就是很显而易见的这么一个事情，你明白了吗？

乙　又来了，这我上哪儿明白去啊！

甲　嗨呀，就你这个理解能力啊，我真是，跟你说啊，我……（往台下走）

乙、丙　回来回来！

乙　这怎么，趁机要开溜啊是吗？

甲　怎么能说溜呢，我这不就是，溜达两步思考思考。

乙　那您思考了，告诉我为什么这个东操上会出来这么多神仙呢？

甲　要不这样吧，我问你一个问题，你先回答我了，我再把这个答案告诉你。

乙　怎么又改了问我了？

甲　不能光你问啊，我就问一个很简单的问题，开拓一下思路。

乙　那你说。

甲　听好了啊，我这个问题就是——

乙　嗯？

甲　说为什么清华大学东大操场早上会一个一个地冒出很多神仙？请作答。

乙　（愣住）

甲　坏了，蒙住了。这样吧，我给你几个选项，A……

乙　行了，给什么选项啊，咱俩谁问谁啊？不是，扒谁马褂呢这是？

甲　您看看，这人说话多幽默。

乙　什么就幽默了，您赶紧把神仙这事儿告诉我。

甲　嗨，不就是神仙吗，大早上的。

乙　怎么？

甲　那可不就是八仙过海，各显神通么。

乙　昂。

甲　诶对，对了，海啊……

乙　怎么就对了？

甲　你想啊，这个大海啊，波涛汹涌。

乙　是啊。

甲　我国大航海家郑和曾经就写过这么首咏海的诗啊。

乙　怎么写的？

甲　大海里呀都是水。

乙　嗯？

甲　淹死在里面纯倒霉。

乙　这是人家郑和写的诗吗？

甲　赞美了大海的凶猛和无情啊。

乙　这有什么可赞美的。

甲　古往今来,就难免有很多人被大海吞噬了生命。

乙　是啊。

甲　其中就有这么一个人叫精卫。

乙　嗯?

甲　这个精卫啊,呸! 大汉奸! 我跟你说啊……

乙　您等会儿吧。哪个精卫啊? 人家那是炎帝的女儿。

甲　哦,这还不是同一个人。

乙　多新鲜呐。

甲　炎帝的这个小女儿啊,有一天在东海游玩,不慎就溺死在海里了。

乙　嗯。

甲　她这个恨哟,化作一只神鸟誓要向大海报仇。

乙　就是要复仇。

甲　她就从西山一次又一次地衔来石头和草木,丢到这个大海里。要不说人家是神鸟呢,就是聪明。就通过这么一次次锲而不舍的填海行动,水面终于上升了,这样她就能喝到水了啊! 她大口地喝着水,誓要把大海给吸干。你瞧瞧,多聪明。

乙　这还聪明哪? 人家是神鸟,不是乌鸦,知道吗?

丙　也不怕被齁死。

甲　总之吧,她就把这些个东西往海里填,直到今天还在延续着她的复仇。这,就是精卫填海的故事,谢谢大家!(下台)

乙、丙　回来回来! 你这老往台下走可受不了啊。

甲　没听够? 那我再给你讲个嫦娥奔月的故事吧……

乙　行啦,谁要你讲这个了。

　甲　怎么?

乙　我问的是为什么他在"东操"能看见这么多神仙从地上冒出来？

甲　怎么还没忘啊？

乙　这叫什么话。

甲　脑子还挺好，要不我出个灯谜你猜猜。

乙　好啊。

甲　说上面四条腿，下面四条……

乙　（打）行了，还真说啊，您到底知不知道啊？

甲　知道啊，这个的谜底是……

乙　不是谜底！问你这件事情！

甲　开个小玩笑。

乙　这还开玩笑呢，问个事儿给我累个半死。

甲　不就是为什么操场上能冒出神仙吗？

乙　哦哟，您还知道呐？

甲　这个事情很简单，他不是前两天去的晨练吗？

乙　对啊。

甲　这个时候问题就来了，你就一定得注意了。不管是前两天啊还是想当初啊，它都叫过去的事情，就都得用这个过去时，这是一个易错点，这个过去时呢分为……

乙　停停停，咱就别老整这个callback了行吗？

甲　反正就是前两天吧，这个前两天有什么大事呢？

乙　你爸爸过生日？

甲　没听说过，像话吗。

乙　那是什么大事？

甲　我们通暖气啦！

乙　不是，这跟内神仙有关系吗？

甲　怎么没关系了？你听我往下说啊。

乙　啊啊。

甲　这"东操"啊他也得供暖啊对吧？

乙　操场还供暖哪？

甲　外行，一看就是外行。

乙　我又外行了。

甲　他们这个是最新的科技，在这个草皮底下啊，都给铺上了地暖。

乙　哦，这么奢侈呢！

甲　那可不吗。不过很可惜啊，这个地暖啊他这个水管是新做的，难免就有些地方没接好，这个一通热水呢，水就流出来了啊。冬天的早上冷啊，这热水一流出来它就会冒出很多热气啊。恰巧啊，这天早上又下了点小雨，雾蒙蒙的，这么两者一结合啊，就弄得整个操场烟雾弥漫的。

乙　啊。

甲　所以啊，就因为这个热气，操场才会有这么多烟，谢谢大家！

乙　哦，是这么回事。

甲　明白了吧？

乙　明白什么了？

甲　怎么了？

乙　谁问你这个了？我问你的是为什么这个操场上会出来这么多神仙？

甲　哦，不是问烟雾啊？

乙　根本就没关系，从头到尾就没提到过烟雾。

甲　怎么就没关系啊？

乙　有什么关系?

甲　你想啊,神仙啊,那都得是从仙境腾云驾雾而来的吧?

乙　是吗?

甲　你听说过神仙骑电动车的吗?

乙　那倒是,那样到不了"东操"就被保安给拦住了。

甲　还是的嘛,所以说就是这么个烟雾缭绕的情境,他才说是跟到了仙境一样啊。

乙　哦,是这么回事,那神仙们是从哪儿来的呢?

甲　你傻啊,那哪儿是神仙啊!

乙　不是啊?

甲　对啊,你想,这个水管坏了对不对,工人师傅们就得来修啊,他们就穿着这个橘色啊灰色的工作服和帽子什么的就来了。修就得就得拿工具吧,诶,他们就有的人拎着有的人扛着这么走。您想啊,大冬天的五点多,天还没亮啊,再加上这么多烟。他看见这些人突然就从雾里面冒出来了,还拿着好多不认识的东西,他以为是神仙来了,其实就是修水管的师傅们!

乙　好吗,瞧给人憋的!

甲　怎么样?

丙　太好了太好了,高,实在是高!

甲　你就别瞎捧我了,这太不像话了,越说越离谱了还。

丙　您这,好啊!

甲　行了,别好了,说说这个。

丙　又怎么了?

甲　加一个半月我可不给你啊。

丙　没事,再加一个月。

甲　再加一个半。

丙　行！一共给你多加三个月，可以吧？你还在乎这个干什么啊？

甲　我还不在乎呢，就为了这玩意儿我命都快搭这儿了！

乙　行行行，这个解释您觉得可以吗？

丙　他本来就是这样的，我那天早上啊起得早也没太睡好啊，就这么迷迷瞪瞪的，就难免看错了。再加上这个冬天了嘛，早上天也黑啊。

乙　哦。

丙　而且最近这个天也冷了。

乙　没错。

丙　风也大，每天这个骑车啊都开始有点困难了。

乙　是这样。

丙　尤其是我这种小身板，更受不住了。

乙　您这还小身板呢？

丙　不是说了吗，这得看内在。

乙　哦哦内在，内在。

丙　那天就是，刮那种特别特别大的风，正巧呢我还得去实验室做实验。

乙　那是有点儿惨。

丙　可不是嘛，我正在学堂路上骑着车呢，突然一股大风从我侧边吹过来，我一时没反应过来啊，直接就给我吹起来了。

乙　吹起来了？

丙　可不是嘛，当我再睁开眼的时候，我往四周看看，这不北大吗！

　乙　北大？

丙　啊。

乙　你也投奔北大曲协去了？

丙　没听说过。我这是被风刮过来的。更可怕的还在后面，大家都知道啊，北大里有个特有名的湖，叫什么大明湖来着？

乙　人家那个叫未名湖。

丙　啊对，叫什么都差不多。我爬起来一看啊，给我吓个半死。

乙　怎么了？

丙　就从这湖里啊，慢慢就钻出来一个奇形怪状的生物。

乙　啊？水怪啊？

丙　诶对，水怪这个词很贴切。就看它从湖里走出来，四条尾巴七条腿，每条腿都跟北大那根塔一样粗，对了，你见过恐龙吧？

乙　（有点儿愣）见过，不是，没见过。我上哪儿见过恐龙去！

丙　北京动物园没有吗？

乙　哪儿有啊！

丙　遗憾了，我看你这脸长得老成这样还以为你跟恐龙是一个时代的呢。

乙　没听说过，褒贬我这模样干什么啊！

丙　没见过总看过画吧，就那种大长脖子的恐龙。

乙　啊看过。

丙　诶，就这只水怪啊，三个脖子一起抬起来，就得有十层楼那么高，就看它这五张嘴啊，一个个儿地张开都得有射电望远镜那么大，还有他这六个鼻子，出一口气就跟刮了24级台风似的……

乙　不是您先等会儿吧，我都不知道该从哪儿开始吐槽了。不是，人家仨脑袋有五张嘴六个鼻子啊？

丙　人家就爱长这样,你管得着吗?

乙　哦,我又多管闲事了。

丙　最可怕的还在后面呢。就他这八只眼睛啊,每个都能往外发射这个激光射线啊,你见过迪迦吧?

乙　我怎么什么都见过啊! 不是,您这个有点太过于离谱了。

丙　我亲眼得见啊,你又不信?

乙　这我怎么可能信啊!

丙　你问他去啊。

乙　(转向甲)啊哈哈哈哈……刚才的……你都听见了?

甲　听得清清楚楚。

乙　北大有这么一只水怪啊,四条尾巴七条腿,还有三个脑袋。

甲　瞎掰。

乙　这三个脑袋上还长了五张嘴六个鼻子八个眼睛。

甲　胡说。

乙　这耳朵就跟射电望远镜一样大,这鼻子出气就是刮台风。

甲　扯淡。

乙　这眼睛还跟奥特曼一样能放射线。

甲　没有。

乙　这可都是他说的。

甲　他说的也没有。

乙　怎么?

甲　这马褂我不穿了!

乙　别说了!

埋怨

作者:孔通　裴嘉成

乙　哎,你不是"闭关修炼"去了吗? 怎么来这儿了?

甲　你说什么呢?

乙　不是你说,我要"闭关修炼",认真仔细地考虑一下毕业了我要做什么。

甲　甭提了!

乙　怎么了?

甲　原本想着啊,毕业有个好出路,到头来又上了个大学。

乙　哦? 哪个大学啊?

甲　家里蹲大学。

乙　嗨! 合着什么工作都没找啊!

甲　没找怎么了? 没找工作。

乙　啊。

甲　我不也活着呢吗?

乙　这叫什么话!

甲　再说了,不是没找工作。

乙　我就说嘛!

甲　是没找着工作。

乙　这不一样嘛!

甲　这怎么能一样？我是努力地找了！

乙　那您都找什么工作了？

甲　我最开始打算考研。

乙　结果呢？

甲　没考上。

乙　哦，那是政治没考好？

甲　我这思想觉悟，政治差得了吗？

乙　那是英语拉分了？

甲　不能，来是come去是go，点头yes摇头no，我清楚着呢！

乙　英语没问题，那是专业课的分数有点儿差？

甲　也不是。

乙　那怎么回事儿啊？

甲　他们不让我进考场。

乙　哎，这凭什么不让进？

甲　是啊！凭什么啊？

乙　对啊。

甲　他们说我没那什么。

乙　什么啊？

甲　就那什么，什么考证。

乙　准考证啊？

甲　哎对对对，我没有啊，就问他哪个超市有卖的？

乙　他怎么说的？

甲　滚！

乙　活该！

甲　怎么了？

乙　不是您考研没报名啊？

甲　这还用报名啊？

乙　您才知道啊？

甲　跟你开个玩笑，我不是不知道。

乙　那您是？

甲　我是不想报。

乙　不想报你怨谁去！

甲　怨谁？

乙　啊。

甲　怨我们老师！

乙　跟老师有什么关系？

甲　你说她给我推荐那都是些什么专业！

乙　啊？

甲　说让我考本专业！

乙　挺好啊。

甲　好什么好！这是什么？

乙　什么？

甲　瞧不起我！人那么多跨考的，我怎么就不能?！

乙　欸。

甲　我要考其他专业！

乙　什么专业呢？

甲　就我们老师推荐的那些个，一个好专业都没有。

乙　不可能，那么多专业，怎么说也有几个不错的啊！

甲　有什么有！

乙　哎你看，汉语言文学，这专业社会需求多。

甲　不不，停一下，什么专业？

乙　汉语言……

甲　汉语，我从小就说，还用学啊？

乙　嘿！那比较火的专业，计算机。

甲　停！电脑我从小就玩，还用学啊？

乙　那还有，师范专业。

甲　停！饭我从小就吃……

乙　停！是吃饭，是师范啊？

甲　没有什么区别。

乙　区别大了！

甲　反正就经过我这么一番深思熟虑。

乙　哪儿就深思熟虑了！

甲　我决定。

乙　啊。

甲　不考研了！

乙　那你干吗去？

甲　我考公去。

乙　哦，考公务员也挺好。

甲　我一查今年的报名人数，嚯！

乙　你吃饭烫着啦？

甲　什么话！

乙　怎么了这是？

甲　33万！

乙　哎哟！

甲　这人也太多了！

乙　呵！

甲　1695个人只能录取1个！

乙　嗨！这是……

甲　我忍不了！

乙　您听我说……

甲　我要上访！

乙　不是……

甲　我要维权！

乙　你啊……

甲　我要拿起法律的武器……

乙　行了！你懂不懂啊？

甲　怎么了？

乙　那是最热门的岗位，20进1，10进1的岗位都有。

甲　啊？你怎么不早告诉我啊？

乙　您自己不会看啊！

甲　不是啊，我看那个标题说了就是1695进1。

乙　您看新闻光看标题啊！正文也得看啊！

甲　还有正文啊？

乙　多新鲜啊！

甲　什么破记者！误导我！

乙　又怨上人家记者了。

甲　最后考公也没报名。

乙　哼！

甲　考研考公都不行，那我进企业！

乙　嗯。

甲　又把我气够呛！这都什么企业！

乙　人家企业又怎么了？

甲　进企业，我得投简历啊！

乙　您会写简历就不容易。

甲　我找人帮忙写的。

乙　啊？

甲　还给了一百块钱！

乙　哟，这简历看起来很漂亮吧？

甲　一般吧。

乙　那就是内容很丰富。

甲　也还行。

乙　那怎么这么贵啊？

甲　人家说编得太麻烦了。

乙　哦，啊？都是编的啊？

甲　谁说的！我那名字就是真的！

乙　嗨！

甲　做好了简历，投吧。

乙　啊。

甲　好嘛，我等了仨月，还是没消息。

乙　怎么这么长时间啊？

甲　我想不行啊，我不能在一棵树上吊死啊。

乙　那再多找一棵树。

甲　怎么说话呢！我得问明白！

乙　啊。

甲　我打了个电话，你猜他说什么？

乙　什么？

甲　先生不好意思，我们不招聘大学考试全部挂科的同学。

　　咴！把电话给我挂了。

乙　不不，您等等，您考试全都挂了啊？

甲　我重修又都过了啊！

乙　那也算挂了啊！

甲　歧视！赤裸裸的歧视！

乙　哼。

甲　我忍不了！

乙　行了。

甲　我要投诉！

乙　行了。

甲　我要网爆它！

乙　哎呀！

甲　我要拿起法律的武器！……

乙　你放下！

甲　怎么了？

乙　忍不了忍不了，埋怨这儿埋怨那儿，就你说的这些事儿，哪个不是你自己的问题？自以为是！粗心大意！不学无术！别一天天老想着埋怨别人，先老老实实、真真正正地做好自己的事，才是最应该的！

甲　不是，难道真是我埋怨多了？

乙　当然了！

甲　行，听你的！

乙　啊。

甲　你说我要是多学习学习，了解了解，也不至于现在什么工作都没找到啊。

乙　知道就好！

甲　好，我从现在开始就踏实学习，仔细学习，认真学习，好好地了解备考，争取今年能有个不错的工作，也为社会做一份贡献。

乙　这就对了！

甲　但是在这之前有一句话不说出来我很难受。

乙　那你说啊！

甲　我真说啦？

乙　说啊！

甲　你怎么不早告诉我啊？

乙　还埋怨呐！

扫码获取
· 相声展演视频
· 经典相声作品

北京地铁站名学

作者:张子豪　于泽桉

乙　您是干吗的呀?

甲　我是干吗的?

乙　啊。

甲　这么跟你说吧,我是一个地铁人。

乙　什么?

甲　地铁人!

乙　噢,您就是王进喜同志。

甲　那是铁人。

乙　对啊,你不说你是铁人吗?

甲　我,地铁人。

乙　那咱俩拉拉手吧。

甲　您是?

乙　钢铁侠。

甲　走! 钢铁侠干吗呀?

乙　地铁人干吗呀?

甲　我意思是我就离不开地铁。

乙　哦,明白了,您是司机。

甲　不是,我干吗非得是司机啊?

乙　哦,售票员。

甲　地铁有售票员吗?

乙　那你什么意思啊?

甲　地铁已经深入我的生活了。

乙　啊?

甲　这么说吧,我生活中的所有事物都跟地铁有关。

乙　哦? 是吗?

甲　拿我们家说吧。

乙　您在哪儿住啊?

甲　村儿里。

乙　村儿里啊?

甲　别看不起村儿里啊,现在咱们这个新农村建设可是越来越好,村儿里建设得也不差。

乙　行吧,那咱们怎么去啊?

甲　坐地铁啊。

乙　村儿里都通地铁了! 您什么村儿啊?

甲　中关村。

乙　中关村啊! 您这村儿里全是公司。

甲　那可不,多亏我们老村长,当年带我们在我们村儿空地上,大兴土木,大搞建设,为我们村的快速发展打下了良好基础。

乙　是啊,你们干什么了?

甲　村东面建起了焦化厂。

乙　七号线焦化厂站。

甲　村西盖起了大瓦窑。

乙　十四号线大瓦窑站。

甲　这都是几十年前的老产业了。

乙　那这么说还有新项目？

甲　响应国家号召，经过我们的不懈努力，最后终于在新首钢里炼出了高楼金啊！

乙　您这是钢啊是金啊？

甲　你懂什么，这叫合金。

乙　哦，合金啊！

甲　从这起我们村就富裕了。

乙　是啊。

甲　生活水平上升了，居住的条件也改善改善。

乙　那是应该。

甲　拿我们家举例子吧，去年刚建了两栋楼。

乙　都盖楼啦！

甲　那是，楼名也好听。

乙　叫什么？

甲　二号航站楼，三号航站楼。

乙　嚯，航站楼啊！

甲　楼后面是我那新建的牡丹园。

乙　还有一片花园呢。

甲　什么花园啊，就一棵北神树。

乙　这是什么树啊。

甲　还有六棵松。

乙　欸，错了吧，人家叫五棵松。

甲　六棵松。

乙　怎么六棵松呢？

甲　有五棵松没错吧。

乙　对啊。

甲　还有一棵劲松。

乙　劲松啊！你跑这凑数（树）来了。

甲　什么叫凑数啊，我们这叫植树，金山银山不如绿水青山！

乙　嚯，您这政治觉悟真高。

甲　那是，以前咱们是面朝黄土背朝天的农民，一年有多少收成，挣多少钱，全指着门口那三块儿地。

乙　哪三块儿地？

甲　东高地、木樨地，还有一块……

乙　什么？

甲　新发地。

乙　这我熟，我老上那儿买菜。

甲　光种地不行啊。

乙　那怎么着？

甲　也得开发搞养殖业。

乙　搞养殖业，那都养什么啊？

甲　养鸡。

乙　养鸡？

甲　为了养鸡，建了两座养鸡场呢。

乙　是嘛。

甲　一个首都机场，一个大兴机场。

乙　飞机啊！

甲　哎，我们村的"鸡"跟别人的"鸡"不一样，我们这"鸡"会飞。

乙　是，地上跑的那叫火车。

甲　大家伙这儿日子是一天比一天好了。

乙　是啊。

甲　前两年又来了个大老板,给我们投资,发展旅游业。

乙　哦,还发展旅游业呢。

甲　那可不,在村东面开发了个环球度假区啊。

乙　那面积可是不小。

甲　谁说不是呢,那块地之前就是一片泥洼,汽车一过去,全是一条条的车道沟。

乙　路不好走。

甲　现在不一样了,自打开发了度假区,面貌可以说是焕然一新啊!

乙　是呀,都有什么呀?

甲　环境好极了,之前那片泥地,把泥都挖出去,挖了一个团结湖。

乙　挖了个湖。

甲　湖中心建了个陶然亭。

乙　有个亭子。

甲　亭子上搭了个西钓鱼台。

乙　还有钓鱼的地儿。

甲　那是,我爸爸没事就爱跟台上钓蒲黄榆。

乙　你爸还挺会玩儿。

甲　老头儿不光爱钓鱼,什么都玩儿。

乙　还玩儿什么?

甲　还爱下棋。

乙　老头儿爱下象棋。

甲　不下象棋。

乙　围棋?

甲　不是。

乙 军棋？

甲 不是。

乙 五子？

甲 也不是。

乙 那下什么棋？

甲 嘿嘿，西二旗。

乙 老头儿可真会玩儿。

甲 老头儿就是好玩儿，不光下棋，还爱打麻将。

乙 是啊。

甲 那天，我跟老头儿正跟家打麻将，我这牌可不错。

乙 怎么呢？

甲 单吊一张东四十条。

乙 有这牌嘛？

甲 眼瞅着马上要和牌，有小孩打门外面送来了一封南法信。

乙 送信？

甲 把信给我爸爸，我爸爸把信打开一看，可就哭了。

乙 哭什么啊？

甲 信上说，家里老人过世，速回奔丧吊唁。

乙 啊，那赶紧去吧，别耽误了！

甲 一家老小，收拾行囊，赶紧出发。

乙 快走快走。

甲 刚要出门刮了这么一阵东风。

乙 啊？

甲 这天太冷了，冻得头皮发麻啊。

乙 嫌天冷你戴帽子啊。

甲 对，戴帽子，我妈戴一"德茂"。

乙　哦，大兴。

甲　我爸戴一"国贸"。

乙　嗯！CBD买的。

甲　我戴了一"首经贸"。

乙　对，要不你是大学生呢！

甲　光戴帽子也冷。

乙　那你再多穿几件啊。

甲　我妈穿一件"燕山"。

乙　燕山？

甲　我爸套一件"九龙山"。

乙　九龙山！

甲　我裹一件"八宝山"！

乙　八……你真敢穿！

甲　你不懂，穿这个暖暖和和。

乙　对，炉子多烧得热。

甲　下边再套条"西什库"。

乙　穿的够多的。

甲　打点行囊，赶紧出发。

乙　这才出发。

甲　这一路上，走大郊亭、二里沟、三元桥、四季青、五路居、六道口、七里庄、八里桥、九棵树、十里堡。

乙　这么快就到了！？

甲　这刚出了四环，远着呢。

甲　出南礼士路，走张自忠路、安立路、育知路、温阳路、稻香湖路、农大南路、知春路，过远大路、玉泉路、万寿路、丰台南路、科怡路、清源路、同济南路、经海路、大望路、金台路、青年路,到了物资学院路。

乙　这回到了?

甲　还没完呢,还剩二十来座桥。

乙　还有啊!

甲　草桥、天桥、土桥、双桥、安华桥、安贞桥、北新桥、东大桥、虎坊桥、花园桥、蓟门桥、金安桥、酒仙桥、立水桥、莲花桥、亮马桥、林萃桥、六里桥,有四道桥、苏州桥、太平桥、陶然桥、亦庄桥、长春桥、东风北桥、公益西桥、和平西桥、花乡东桥、万泉河桥,绕了一圈回双桥。

乙　怎么又绕回来了?

甲　走错了。

乙　好家伙,这还能迷路啊!

甲　又转了两圈,这才找着路。进门一看,完了,来晚了。

乙　怎么了?

甲　人都进了公主坟了。

乙　别说了!

扫码获取
· 相声展演视频
· 经典相声作品

浪漫进行时

作者:姚明江　李俊杰　姚丽君

甲　谢谢大家的掌声鼓励。

乙　谢谢大家。

甲　今天一上台呢,看见大家我心里特别高兴。

乙　我也很高兴,哈哈哈……

甲　初次上台得跟大家做一个自我介绍。

乙　跟大家认识一下。

甲　我叫姚丽君。

乙　我叫姚明江。

甲　我们俩是一对……

乙　双胞胎……长得多像啊……

甲　谁信啊? 我长这样,你长那样(埋汰)。

乙　我长得有点瑕疵……

甲　您哪儿是有瑕疵啊?

乙　那是……

甲　瑕疵上面长了个人。

乙　我是单细胞生长出来的?

甲　谁让你打断我说话的。

乙　说吧。

甲　我恋爱了。

乙　你们猜对了，我就是那个英俊潇洒的他……

甲　我俩第一次约会是在二一九公园里。

乙　那是一个风和日丽的上午。

甲　我俩来到劳动湖边，微风吹动着杨柳，看着波光粼粼的湖面上……

乙　有一个捕鱼的老头，还有游泳的大妈，跳广场舞的奶奶……

甲　你都看了些什么？

乙　初恋……不知道看哪儿……

甲　看出你紧张了。

乙　我特别想跟他说，嘿嘿，我喜欢你，可是我不敢。

甲　后来他实在忍不住了。

乙　我勇敢地向前迈出了一步"我……"

甲　什么？

乙　……掉河里了！

甲　我把恋爱谈成了谋杀。当时我的心情怎么形容呢？

乙　比听相声笑得还开心。（跳出）

甲　我那明明是担心得哭了好嘛，给我笑坏了，呃，吓坏了。

乙　几分钟之后捕鱼的大爷给我捞上来了，人家还说呢："湖里还有个美人鱼。"

甲　大爷这白内障该治治了，请您把美和鱼去掉，就你那样勉强算个人。

乙　但是后来我们还是在一起了。

甲　我们手拉手，走在校园里。

乙　周围的同学都投来羡慕的眼神。

甲　时不时女生还评论呢！哎哎哎，这女孩真漂亮，就是眼神不太好。

乙　也有男生羡慕我:"哎呀,癞蛤蟆吃上天鹅肉了!"

甲　我当时听了特别生气,你眼神才不好呢,你全家眼神都不好

乙　我当时还有点儿开心,你女朋友才癞蛤蟆呢,你全家都是……讨厌!

甲　虽然有很多质疑的声音。

乙　但是我们在一起真的很甜蜜。

甲　他会送情人节的玫瑰、秋天的第一杯奶茶、冬天的第一个烤红薯,会给我做好吃的,给我系鞋带、梳头,送我上学,还嘱咐我好好学习……

乙　嘿嘿嘿,俺是暖男!

甲　就这样我们度过了一天又一天。

乙　度过了一个月又一个月。

甲　但是我觉得他现在变了。

乙　我觉得他也跟以前不一样了。

甲　以前他对我是天天哄天天夸说我是他最爱的小傻瓜,嘻,男人……

乙　没人的时候她总说我高说我帅,说我长相清奇还特可爱,就是有点儿坏,哈哈哈哈,女人……

甲　我发现我们俩爱好完全不同。

乙　有什么不同啊?

甲　我爱看《狂飙》,他爱看《机器猫》;
　　我爱看高启强,他爱看喜洋洋;
　　我爱看《三十不惑》,他爱看《熊出没》;
　　我爱看《巡回检查组》,他爱看《跳跳虎》;

我爱看破案悬疑，他爱看小猪佩奇……

乙　这多可爱啊！

甲　我是佩奇……

乙　我是乔治……

甲　我是妈妈……

乙　我是爸爸……

甲　这是可爱吗？这就是智障啊！

乙　哎，男人至死是少年嘛。

甲　还有一件事你给我解释解释。

乙　什么啊？

甲　前段时间看《狂飙》，我说大嫂陈舒婷的发型挺好看，我合计我理一个这样的发型给他个惊喜。我剪完头之后我问他，我说像大嫂吗？他说像，像大嫂子。

乙　大家都说剪完咱俩更般配了。

甲　我真受不了你，你一点儿也不懂浪漫。

乙　我怎么不懂浪漫？

甲　那天，他玩王者荣耀，我问他：我和王者荣耀你选谁，他居然告诉我：选后羿！

乙　我当时有点儿蒙住了，张嘴就说了。

甲　现在问你你选谁？

乙　妲己啊！选小乔？孙尚香？虞姬？

甲　你就不能选我？

乙　游戏里没有啊……真没有，你瞪我也没有！

甲　你把头歪过去，拍！

乙　干吗？

　甲　控控脑袋里的水。我问的是我和王者荣耀你选谁？

乙　蒙住了!

甲　开学那天,他来车站接我。

乙　她当时给我发了一条消息:"亲爱的,我有点儿饿了,你给我带点儿吃的呗。但是呢我最近减肥,不吃甜的、咸的、油的、腻的,不吃零食。"

甲　就为了考验你对我用不用心。

乙　我立马就回了:"你吃什么啊?"我等了半天,没回我。

甲　我那不是想让你自己动动脑子想嘛。我幻想的是他拿一束花和我最喜欢吃的零食,在出站口呆呆地等我,出来一看:他举着两片烂菜叶。

乙　我胳膊都举酸了。

甲　我就想知道举着两片烂菜叶你是怎么想的?

乙　我想我对你的爱就像烂叶菜……呃,就像卷心菜,保护着你。

甲　你说你……上次我俩吃火锅,中途上厕所足足蹲了127分半,你说你是不是忘了在陪女朋友吃饭?

乙　这个可冤枉我了,我是忘了我有女朋友。你给我打个电话不就行了吗?

甲　我就想看你到底能蹲多长时间。

乙　其实我也是想试试看你能等多长时间。

甲　最后怎么自己出来了?

乙　蹲饿了! 俩人怄气纯粹是折磨自己,有什么事儿就好好说呗,我慢慢改。

甲　你能改得了吗? 这几次你哪次改了?

乙　不改就对了,这才说明我忠贞不渝,海枯石烂不变心。

甲　你那叫一根筋。

乙　你不就是喜欢我这股子韧劲儿嘛。

甲　可我不喜欢你笨。

乙　我那叫笨吗？我那叫憨憨！

甲　你那是蠢！

乙　蠢得可爱。

甲　你就是傻。

乙　傻人有傻福。

甲　你就是一头猪！

乙　这话太对了，我就是你的佩奇……

甲　我是佩奇……

乙　我是乔治……

甲　我是妈妈……

乙　我是爸爸……

甲　别说了！

扫码获取
• 相声展演视频
• 经典相声作品

讨不讨厌

作者:辛宇飞

甲　大家好,我是×××?!

乙　大家好,我是×××?!

甲　感谢大家给我一个人的掌声!

乙　多老套的垫话。

甲　就这几句老,后面全是新的。再拍就是给你的。

乙　这还不能一块儿拍!

甲　(过几秒)感谢大家给我的掌声。

乙　怎么又是你的了? 我的呢?

甲　我替你收了。代取快递,大件5元,小件3元。

乙　你讨不讨厌? 还替我收了。

甲　我讨厌? 身边讨厌的人多了。哎,先说最近你有什么烦心
　　事儿吗?

乙　烦心事,我想想。嗯,我最近总体还是挺开心的,但非要找
　　的话,还确实有。

甲　说来听听。

乙　上班迟到,扣了点儿钱。

甲　够闹心的。

乙　二是,抢周杰伦演唱会门票没抢到。不过这没啥,大多数

人都抢不到。

甲　但是我抢到了！

乙　你瞧你这还故意气我……算了，第三……

甲　行了，够了。根据我的经验，我发现，烦心事的背后一定有一个烦心的人。

乙　比如呢？

甲　比如你上班迟到被罚钱，老板是不是特别可恨？

乙　我们老板……但是我迟到是自己的问题啊。

甲　比如周杰伦演唱会门票没抢到，周杰伦是不是特别讨厌？

乙　这怎么还赖上周杰伦了？

甲　今天呢，我就来分享一下，我身边讨厌的人。

乙　听这开头，后面就没好事儿。

甲　最近比较烦，比较烦，比较烦……（唱）

乙　你瞧，还唱上了！

甲　我再来问问你，你觉得你身边讨厌的人是什么样的？

乙　就……你这样的。

甲　生活中有更讨厌的，我见得多了。

乙　生活中还有一种人，说别人讨厌，其实自己讨厌。

甲　我们邻居讨厌。早上，扰民，他拍我们家墙。你说你要是有气没处使打沙袋也行，往楼下跑几圈也行，别拍我们家墙啊。他是强拆队的也不能这样吧。这倒是证明我们楼建得质量很好。你要伴奏就好好伴，跟我的架子鼓和一块多难听啊！

乙　什么？你说你当时在干什么？

甲　敲架子鼓。咚咚咚，啪啪啪，咚咚，啪，咚咚啪，咚咚啪啪。

（右手做敲鼓动作，左手拍墙动作，拍完向右下方）

乙　打苍蝇还是放炮呢？别再把楼下车震着！到时候你的伴奏就是"滴玩儿滴玩儿滴滴滴，文而欧……"（汽车警报声）你这给他们上闹钟呢？整个楼道的人都被你吵醒了，你才扰民呢。

甲　你别说，起床之后还有更烦的呢。

乙　什么事儿啊？说来听听。

甲　我下楼买早点，咱天津特色，煎饼馃子，明码标价自带鸡蛋是4块一套，不带的5块。我自带的，他非要我5块。

乙　那么多人买，人家怎么就忘了你自带鸡蛋？

甲　他还有理了！他还说："我都看见你从我这拿的鸡蛋了！"

乙　嘿！占小便宜。你讨厌不讨厌，就为了少花一块钱？

甲　搭理他呢，给他5块。该开车上班了，我到我车位那发现我车被前面车堵住了，他也不留个电话，多讨厌！打114人家来了，来了还不满，说："谁让你往我们这扔垃圾呢？你让我怎么停？"（东北调，比较横）

乙　哎哟，是你先干了缺德事儿，你不得给人清理了？再说，你老往那儿扔什么，没有垃圾桶吗？

甲　手提着垃圾袋，打开窗户，拎出去一松手，多方便。

乙　然后每次都落人家车位里。我告诉你，辛宇飞，高空抛物已经正式入刑。之前新闻报道里出过的事还少吗？你这要是把谁砸着你赔得起吗？

甲　人家还说了，咱俩的车位到期了，我买了你们家的，你自己往自己车位扔吧。

乙　报应！唉，不过，人家怎么知道垃圾是你扔的？

甲　有好几袋垃圾里面有外卖订单，有我的姓名和住址。我明白一个哲理：扔垃圾不要暴露自己的信息，点外卖不要用自己的真名。个人信息泄露，以后骗子、营销就找上你了。

乙　去去去！你这叫什么哲理？骗子没有翻垃圾桶的。个人信息不用怕泄露，你扔垃圾之前早就倒卖多少次了。你说，你还觉得谁讨厌？

甲　车从小区开到马路更烦。马路上有些司机动不动就爱摁喇叭，有的还好几秒。你说刺耳不？

乙　这个确实。

甲　高考那几天他们就不应该上路，省得影响考生思路。

乙　高考期间，考点附近会让绕行。不用你担心。

甲　行。一会儿，后面那车开到我旁边了，我也鸣笛。人家开窗户说："你还摁喇叭，你还有理了？你变道不打转向灯，还硬闯。会开车吗？你以为你车技多好似（读成赛）的（天津话）。"

乙　哎哟，这就是你的不对了，你这是找挨骂。驾照怎么考的？转向灯亮3秒再转向。没打灯，撞了全责；打了，撞了也是全责，谁让他不看车呢？

甲　还有，有的电动车也讨厌，速度躺儿快，不看车。我开着开着车，也不知道从哪儿，啪就窜出来。

乙　鬼探头。

甲　有一次，我开着车过马路，一看前面没车，刚过去就来了辆电动车，我还好刹车踩得及时谁都没事儿。还好我当时开得不快。

乙　晚踩一秒十几米出去了。

甲　我再起步的时候红灯变绿灯了。

乙　哦，你是那罪魁祸首啊！闯红灯，扣6分。这要是撞了，你全责。

甲　我马路才过了一半呢。

乙　那也是闯了红灯啊,不会说因为你路口走了一半就扣你3分的。

甲　我这是为了快。我得上班啊,得赶紧到单位!

乙　你们单位咋样?

甲　单位倒是可以。

乙　伙食咋样? 吃的好不?

甲　伙食挺好。你看你问的这个,让我想起来一件不愉快的事儿。中午去食堂吃饭,排队刷卡,有一个人把我拉到他后面。这是要干什么? 他老家肯定不是山东德州的,他缺德啊! 真讨厌!

乙　不是,他怎么了?

甲　他喊:"后面去,该站哪儿站哪儿!"

乙　嗨,你先加的塞啊! 大家都一样的等,你凭啥就要违反公共秩序?

甲　公共秩序? 我想起来有一次,我躺着睡得好好的,还没来得及做梦说梦话呢,几个人突然把我拽起来,把我东西给我,让我一边站着。高铁有霸座,这是霸床啊。而且这是单人床,几个人一块坐,这床不得塌了?

乙　你躺哪儿了?

甲　地铁上。那天我没开车。

乙　你才是那个霸座的,你还一个人占了六个座。那是你该躺的地方吗? 你觉得合适吗? 公众场合注意举止文雅,多大个人了?

甲　我看见过有人在地铁上坐姿不文明,脚踩在座上,他要是鞋底脏的话,下车后让下一个人怎么坐?

乙　哎哟，这还真是挺讨厌的。

甲　有些工人怕弄脏座位人家有空座也不坐，人家素质高！

乙　这确实。

甲　我呀，有先见之明，为了防止一排空座被踩脏，自己一上车就躺下了。

乙　老天爷啊，怎么能让他一上车就有一排空座呢。你自己这做法也不咋地。

甲　下班回到家，还是那么烦，发现我的车位上也有垃圾。

乙　还有垃圾？

甲　哪个缺德玩意儿扔的？谁那么讨人厌？我去调监控，跟警察一块守在电脑前，最后一看，你猜谁扔的？

乙　谁扔的啊？

甲　我扔的。我还被批评教育一顿。

乙　这车位都是你的了，你咋还扔啊？

甲　我有这车位前一天，我扔垃圾没扔准，扔到楼下一屋檐上了。后来一阵风吹过，把垃圾吹到我车位上了。

乙　哦，闹了半天，你就是那缺德玩意儿。你看看你刚才说的事儿，不都是你讨厌？孟子说过："爱人者，人恒爱之；敬人者，人恒敬之。"你只有爱护、尊敬别人，别人才能爱护、尊敬你。

甲　我明白了，以后我好好表现，做一个有素质的人。回头我给我得罪过的人挨个道歉去。我先给你道歉吧。

乙　哟，你对我干什么了？

甲　你说你没抢到周杰伦演唱会门票，我还显摆说我抢到了。

乙　哦，对了，你那票卖吗？

甲　加三百卖你，你要吗？

乙　加一百行吗？

甲　不行,就三百!

乙　还加价卖,黄牛啊？讨不讨厌？

甲　你也学会啦!

扫码获取

· 相声展演视频
· 经典相声作品

新·肉烂在锅里

原作:韩兆　甄齐

改编:刘帅　赵润涛

甲　今天由我们哥俩合作表演。

乙　是。

甲　一和大家表演我就难过。

乙　今天不是"马季杯"吗？全国各界的朋友们齐聚一堂,你怎么难过呀？

甲　您有所不知,我是来和大家告个别的,我在此宣布,以后不再从事相声方面的表演了。

乙　你以后不说相声了？

甲　因为我要投入到更伟大的事业中去了。

乙　更伟大的事业？

甲　我要自己创业。现在正是缺人的时候,如果您也放弃相声入伙跟我们干,保证亏待不了您,这肉指定都能烂在咱锅里。

乙　哦,叫我跟你开饭店去。

甲　开饭店像话吗？

乙　你不肉烂在锅里吗？

甲　肉烂在锅里那是一句俗语儿,形容好处都让咱自己人得着了。

乙　那你别说这有的没的,你们公司到底是做什么的呀?

甲　这么跟你说吧,我们从事的是网络自媒体工作。

乙　嗨,就写稿的呀,也很平常嘛。

甲　谁说的? 你不懂! 我们玩儿的是舆论,懂吗? 这个时代,掌握了舆论就是掌握了灵魂,失去了流量就是失去了一切呀!

乙　行了行了,就你这模样还掌握舆论呢!

甲　光靠我那当然不可能了,但我们黄老板可说了……

乙　谁呀?

甲　黄啊。

乙　没干就黄了?

甲　什么叫没干就黄了,黄老板就是我们公司的联合创始人呀。

乙　他是联合创始人呀?

甲　他可是互联网老兵了。

乙　对呀,开过网吧嘛。

甲　人家说得清楚,这句句都是为了我好呀。

乙　说什么呀?

甲　(天津话)兄弟! 我有这点子,为什么不找别人非得找你,你知道吗?

乙　因为你好骗呀。

甲　(天津话)谁、谁、谁好骗? 别人想聘我做顾问我都不去,拥个嘛? 没那个交情! 肥水能留在外人田里头吗? 这肉不得烂在锅里嘛。

乙　这话是打他那儿来的,他懂自媒体?

甲　当然了,黄老板这人您还不了解吗?

乙　哦……不是,我知道他是谁呀,我信他。

甲　你爱信不信,我们这公司早成立了,员工都招好了。

乙　你们公司多少人啊?

甲　草创公司能有多少人,也就几万人吧。

乙　嚯!那你们办公室得多大呀?

甲　我们这办公室可是不小,一共有这么30平方米。

乙　30平方米能放几万个人?你们是蚂蚁王国呀?

甲　你才鬐鸟家庭呢!我们这叫居家办公,线上管理。

乙　几万人管得过来吗?

甲　(天津话)这我不是跟您吹,我们线上会议一说话可都是一呼百应呀。

乙　净听回音了。

甲　(咳嗽)同志们!

乙　嗯。

甲　过去的三个月里,我们在挫折中前进,在角落中成长。

乙　对了,30平方米嘛。

甲　最终,我们的营业额,增长了20%!

乙　是。

甲　希望大家继续努力再创辉煌,下面给大家宣布下一季度的任务。

乙　听听这任务。

甲　(天津话)网购平台好评五毛差评一块了。

乙　噢,水军呀!我说怎么在角落里成长了。

甲　(天津话)嘛,这叫新媒体公关公司,你入伙就完了。

乙　还找补呢!你们水军说的话不都跟骗小孩儿一样吗?谁

信呀？

甲　（天津话）谁信呀？这么跟你说，我们前天就接了个产品的网络宣传，反响倍儿好。

乙　什么产品？

甲　（天津话）我们跟一个保健品厂商达成了合作，在保健养生的公众号里面投放广告，说这种神药饮用完能够使人清气上升，浊气下降，二气均分，食归大肠，水归膀胱，这么好的保健品一定是——

乙　万灵药！

甲　（天津话）白开水。

乙　白开水呀？那管什么用啊？

甲　（天津话）都归膀胱了嘛。

乙　归膀胱了呀！这都是骗老头儿老太太的，就连我妈这辈人都不信。

甲　（天津话）不信不要紧，最近我们又和一个化妆品厂商达成合作，在短视频社交软件上投放广告，说这种神仙级的产品各大明星洗脸时都在用，能够延缓细胞衰老，有保湿抗皱的功效，而且既可内服又能外用，这么好的化妆品一定是——

乙　细胞营养液。

甲　（天津话）大碗白开水。

乙　怎么换大碗啦？

甲　（天津话）废话，洗脸可不得用大碗嘛。

乙　没听说过，各大明星都拿大碗洗脸啊？你这都是瞎扯。我们年轻人，受教育懂科学，不吃你这套。

甲　（天津话）年轻人？更坏了。

乙　怎么更坏了？

甲　（天津话）还是那两天，我们又和一个生物科技公司达成合作，在知乎还有科普论坛上……

乙　投放广告！

甲　（天津话）谁说的？人家是做科普的，做公益的，能随便投广告构成消费建议吗？

乙　那你是？

甲　（天津话）我们是给大家科普这个公司的最新高精尖技术，一种生物制剂。

乙　什么制剂？

甲　（天津话）它可是近年来我国生物领域诺奖级结果迈向民用的一大步，里面富含各种人类每日所需的微量元素，并能够减缓细胞分裂，减小端粒损失，在上百个小白鼠的寿命对照试验中，小白鼠的寿命平均能达到70%以上的显著革命性改变。那这么先进的技术一定是——

乙　白开水！别说了，我知道，还有大碗白开水，小碗白开水，小碗倒到大碗的白开水，凉白开水，热白开水，热了晾凉的白开水，水……

甲　无知，糊涂！

乙　怎么了，你之前说的不都是吗？

甲　（天津话）白开水，能富含这么多微量元素吗？白开水，能有这么多有益的功效吗？白开水，能成为诺奖级的成果吗？

乙　噢，这么说不是白开水。

甲　（天津话）不是白开水。

乙　那你这是？

甲　（天津话）矿泉水嘛。

乙　嗐！

甲　（天津话）所以说，甭管老中青，只要方法得当，控制思想那
　　是手拿把掐。

乙　不就打点儿虚假广告吗？告诉你，我轻易不网购，你这广
　　告都没用，哎，看你还怎么办。

甲　（天津话）小瞧我们，上面那些呀这只是我们商业版图的一
　　小部分，互联网无孔不入，你只要上网就逃不了，这肉都得
　　烂在我锅里边。

乙　有这么邪乎吗？你们还干什么？

甲　（天津话）我们的主要业务，是在微博超话豆瓣小组等舆论
　　阵地上面带节奏。

乙　带节奏？

甲　（天津话）就专门针对那些最红的流量小生演技小花，就开
　　始挖他们的黑料丑照，说他们演技差、颜值低、哪哪都不
　　行，就应该出门撞上垃圾车，把他们当作有害垃圾给烧了。

乙　这不全是胡呲吗？

甲　（天津话）这是我们的能耐。

乙　就这还有能耐呢？

甲　（天津话）那当然，上个月我们策划了一场全民网暴狂欢。

乙　网暴谁啊？

甲　（天津话）当今的小鲜肉，洋白菜先生。

乙　这名字是够水灵的。

甲　（天津话）在一个平平无奇的下午，一切社交媒体的热搜上
　　都赫然出现了一条清一色的通稿——"著名小鲜肉、流量
　　明星洋白菜竟当街脚踢老太太，动作酷似足球明星贝克汉

姆"，底下有照片、有视频、有医院挂号单还有受害者老太太的专访，当然，这些证据不是真的呀。

乙　那这个照片？

甲　（天津话）PS（图像处理）软件。

乙　视频？

甲　（天津话）AI（插画软件）合成。

乙　挂号单？

甲　（天津话）医院里头捡的。

乙　那这个老太太？

甲　（天津话）你说这个老太太？

乙　对！

甲　（老太太话）我戴头套假扮的。

乙　走！这么漏洞百出的新闻，网友就没有发现真相的吗？

甲　（天津话）你要说没有，那是绝对了。

乙　得有呀。

甲　（天津话）有个人说了：大家等等看，现在不一定是真相的（普通话）。看他底下评论区——

乙　怎么样？

甲　（天津话）有你的嘛，有你的嘛，乐意看看，不乐意看待着去。

乙　耶？

甲　（天津话）再看看别人，那可太热闹了。

乙　怎么热闹了？

甲　（天津话）有哭的有笑的有骂的有闹的，有洋白菜全球粉丝后援会洋白菜全球后援粉丝会在底下激烈控评的，有情感博主发抖音带货："家人们，老人被踢到应该用长寿牌虎皮膏药,一天消肿,两天下地,第三天就给洋白菜踢回去。"有足球博主在底下详细解析最后证明这消息是一派胡言。

乙　说得好!

甲　(天津话)洋白菜学的不是贝克汉姆是克里斯蒂亚诺·罗纳尔多,siu——

乙　这也不是好闹。

甲　(天津话)最有意思的是,有鬼畜的up主把他放在b站上,是"左脚右脚一个慢动作,右脚左脚慢动作重播……"

乙　别播了,我告诉你,假的真不了,等真相出现你们总会没话说。

甲　(天津话)绝对不可能,要知道我们水军,把把打的都是顺风局。

乙　怎么可能呢? 看,新热搜这不就来了:洋白菜工作室发表律师函,表示要严惩造谣者。

甲　律师函算什么东西,我前两天上厕所没带纸还用了三张律师函了。

乙　嗨,那行又有新热搜了,照片发现新疑点,洋白菜腿长竟被P成一米八。

甲　人家洋白菜是小鲜肉,腿长一点儿怎么了? 再者说视频是不能P的,一定是真的。

乙　网警提示新型诈骗是视频AI换脸,大家仔细甄别。

甲　洋白菜那么大明星能在大庭广众打人吗? 但医院挂号单在这儿了,肯定说明他打人啦。

乙　医院挂号单实为捡来的体检单,七旬老太太竟出现前列腺问题。

甲　那又怎么样? 苍蝇不叮无缝的蛋,洋白菜肯定和资本有什么内幕交易被压下来了,我们要真相,我们要真相!

乙 官方下场了,将这件事完全定为谣言,洋白菜沉冤得雪。

甲 真相呀其实已经不重要了。

乙 啊?

甲 我们这样做呀,就是为了反抗这个流量为王的时代,看看现在我们的老戏骨才挣多少钱,洋白菜那挣多少钱,就给他一点儿压力,敲打敲打他也是对他很好的历练,我们是为了他好!

乙 你们这又站上道德制高点了。

甲 (天津话)我就说我们永远不打逆风局呀。

乙 真是造谣生事者太可气了,你给我们说说这到底是谁让你们造的这个谣,我们以后对他坚决抵制。

甲 (天津话)你们要抵制?

乙 对,我们坚决要抵制。

甲 (天津话)这个委托我们做事的公司我还真记得。

乙 叫什么呀?

甲 (天津话)这个公司叫作香菜辣秦椒勾葱嫩芹菜扁豆茄子黄瓜演艺经纪公司。

乙 到了菜市场了。

甲 (天津话)也就是洋白菜先生工作室的母公司,持有洋白菜先生工作室80%的股份,他们呀,是一伙儿的!

乙 这,合着这件事整个就是洋白菜自导自演的?

甲 那当然,黑红也是红呀!洋白菜的目的就是让自己在事业逐渐走下坡的时候趁机突然地翻红,甭管肉烂不烂不都得在锅里嘛。

130 乙 这可是完全把我们网民当猴儿要呀!

甲　（天津话）周瑜打黄盖一个愿打一个愿挨，有你们什么事儿呀。洋白菜风评可是大逆转了，这几天他还在综艺里面踢出了一脚贝克汉姆的弧线球这叫贝氏弧线，还收获了一大批男观众的好感，都说他不是小鲜肉，其实是纯爷们，当然这个弧线也是我们后期给捏出来的。

乙　全是假的。

甲　（天津话）而且他还大度地让大家随便调侃自己，还笑称自己这脚球不是贝克汉姆，是"鸭子踢着"了。

乙　鸭子踢着呀？这里还有我们相声的事情呀？

甲　（天津话）弘扬传统文化也是公益的一部分呀。

乙　好嘛。

甲　（天津话）大家一听，路人缘更好了，现在一打开鬼畜，全是"左脚右脚一个鸭子踢着，右脚左脚鸭子踢着重播，都说鸭子，是最笨的"。

乙　嘿！

甲　（天津话）在此之后，"鸭子踢着"这个词可就火了，《咬文嚼字》编辑部将他评选为年度十大热词之一，关于洋白菜的这次危机公关更是成为能被写入全球新闻与传播教材的经典案例。

乙　你们可是名利双收呀。

甲　（天津话）是呀，你也来，咱们一块儿赚钱。

甲乙　哈哈哈……

乙　走！你这名利双收了，那真相也就是沉入海底了。

甲　（天津话）在流量面前是真是假还重要吗？你呀，太短视了！

乙　我们短视？你们才是短视，你们用庸俗的东西充斥网络，控制舆论的审美趣味！

甲　（天津话）你这叫什么话，我们的东西我们人民喜爱，你算老几呀？信不信我动动手指头就能把你的所有信息公之于众？××的银行密码是×××（捂嘴）。

乙　你们这帮人就不懂网络安全法吗？

甲　（天津话）我们服务器IP全在津巴布韦了，谁跟你网络安全法呀？

乙　我全明白了，这黄老板是个别分子，不是好东西不能理，这个公关公司，爷们儿可千万别跟他干呀，犯错误！

甲　（天津话）行行行，别听他的，他一个书呆子他懂嘛呀！他能知道多少新生事物？我还不是瞧不起他，他知道什么是B2B的强化认知？他知道什么叫短平快的区域化赋能？他知道什么叫垂直领域结果导向的快速裂变商业模式……

乙　我就知道肉烂在锅里！

甲　（天津话）你学我也没有用，甭说这复杂的，那简单的他也未必懂。他知道什么叫协同，什么叫反哺，什么叫抓手，什么叫提炼，什么叫渗透，什么叫UGC，什么叫埃隆马斯克，什么叫肉烂在锅里？

乙　你就这句熟！

甲　（天津话）告诉你，要想挣钱不可能不担点儿风险。

乙　这不是担风险，这是非常危险。

甲　（天津话）这是一个有挑战性的职业。

乙　我认为这是向政府的直接挑衅。

甲　（天津话）怎么跟你们说才明白呢？你不吃苦哪儿有甜，你不担风险怎么能赚到钱呢？你不经历风雨怎么能看见彩虹呢？没有一个人能随随便便成功吧？自古英雄多磨难，自古英雄出少年，大河的水啊向东流，天上的星啊参北斗，你想喝酒就喝酒，你该出手时就出手，要敢做第一个吃螃蟹的人，你听我们黄老板说得没错，走自己的路让别人说去吧。

乙 我说你这都什么乱七八糟的。

甲 您听这黄老板说得怎么样啊？

乙 不怎么样！你让他呀，趁早哪儿凉快哪儿待着去，我呀不入伙儿了。

甲 您现在想入也入不了了。

乙 怎么？

甲 黄老板因为诽谤罪被判了一年有期徒刑。

乙 进去了。

甲 啊。临抓起来那天黄老板还说呢。

乙 都进去了，他还说什么呀？

甲 （天津话）"兄弟，今儿这事儿不是偶然的，这是必然的。牙打下去我咽肚子里，胳膊折了我存袖儿里，脚丫子掉了我存鞋窠里，我这肉，我这肉啊还真他在锅里了。"

乙 该！

扫码获取
·相声展演视频
·经典相声作品

叫我"00后"

作者：白牧夕

甲　再次站在"马季杯"的舞台上，我的心情既紧张又兴奋。

乙　嗯。

甲　能够与来自五湖四海的朋友们在曲艺之乡天津同台竞技。

乙　互相切磋。

甲　这种感觉还是不一样的。

乙　没错。

甲　站到台上应该给大家做个自我介绍。

乙　这是规矩。

甲　大家好，我是一名"00后"，是人生这条大道上一名新上路的实习司机。

乙　大家好，我是一名"80后"，是人生这条大道上一名一直在路上的老司机。

甲　我属龙。

乙　我属鼠。

甲　我23。

乙　我35。

甲　我家在大庆。

　乙　我家在内蒙古。

甲　我刚毕业。

乙　我快入土,不是! 我是公。

甲　我是母。

乙　这都什么乱七八糟的,咱这么介绍,大伙儿还是不知道咱俩是谁呀。

甲　但的确知道咱俩谁是公谁是母了。

乙　不是,您这个介绍未免有些抽象,就是……太宏观。

甲　因为今天我要代表"00后"跟在座的各位60、70、80、90的爷爷奶奶叔叔阿姨哥哥姐姐唠唠心里话。

乙　别着急,再往上加几辈儿说的就是悄悄话了。

甲　你有完没完,我们"00后"说话,你一个"80后"能不能别插嘴!

乙　嘿! 我们"80后"说话,你一个"00后"能不能别捣乱!

甲　没办法,我就这样(扭头)。

乙　你看看,还耍小孩子脾气。我明白了,您今天的身份不代表您个人,是"00后"这代人对不对?

甲　没错,以我的成长历程来看看我们祖国的伟大变化!

乙　这个想法还真好。

甲　光说没有什么意思,我带着我的"法器"给大家边说边唱。

乙　什么? 你要带着武器给大伙儿来段说唱?

甲　(背上吉他)我用嘴说,用它唱。

乙　你管背着吉他说相声叫说唱?

甲　这不是你一边说一边唱吗?

乙　那你是不会这个,来看看咱们中国的 rap star(说唱之星)! (掏出快板)

甲　那这样,我拿吉他边唱边说,您拿快板在旁边补充,您看可

叫我「00后」

135

以吗？

乙　没问题呀。

甲　（唱）是的我看见到处是阳光，快乐在城市上空飘扬，新世纪来得像梦一样，到处暖洋洋……

乙　竹板打，数来宝，先向大伙儿问声好，千禧年的岁月真是美，回忆起我的青春岁月就像是……

甲　像是什么？

乙　就好像，三伏天儿吃冰棍儿，三九天儿放暖气儿，三十儿晚上看晚会儿，保管你越听越来劲儿！

甲　您看他一套一套的！

乙　我听着怎么这么激动呢，仿佛千禧年就在昨天。

甲　我们的故事还要从2000年新年钟声敲响的那一刻说起，随着一声声响亮的啼哭我们像全世界宣布，"00后"真的来了。

乙　千禧宝宝呱呱坠地。

甲　在我们能清晰说出第一句话，迈出人生第一步的2001年，我们的祖国发生了几件影响深远的大事，"申奥""入会""出线"……

乙　没错，（快板）申奥成功鼓士气，入会成功促经济，国足出线……

甲　怎么样？

乙　是奇迹。

甲　嗐，您知道得太多了。除此之外，也就是这两年，宽带网络进入千家万户，从此开启"e时代"。

乙　想当年一首《勇气》要花9块钱，一个小时才能下载完成，那时候一个月平均工资才400元啊。

甲　这么看来,下首《勇气》的确挺需要勇气的。

乙　谁说不是呢。

甲　(唱)太阳当空照,花儿对我笑,小鸟说早早早,你有病啊你起这么早……

乙　你确定这首歌是这么唱的?

甲　(唱)门前大桥下游过一群鸭,快来快来数一数咋还丢了仨……

乙　嗯?

甲　(唱)咕呱咕呱,那个是蛤蟆……

乙　啊?

甲　(唱)数不清到底多少鸭,数不清到底多少鸭……

乙　这歌怎么这么别扭呢!

甲　我这就上幼儿园了。

乙　(快板)小白兔,白又白,两只耳朵竖起来,爱吃萝卜爱吃菜,蹦蹦跳跳真可爱。

甲　我小时候最喜欢这个儿歌啦。

乙　(快板)小老鼠上灯台,偷吃油下不来,喵喵喵猫来了,叽里咕噜滚下来。

甲　熟悉的童年记忆。

乙　(快板)大雨哗哗下,北京来电话,要我去当兵,我还没长大。

甲　除了朗朗上口的儿歌,我们"00后"记忆里还有一面飘扬在外太空的五星红旗。

乙　我知道了,是2003年载人航天火箭神舟五号发射成功。

甲　《天问》里说:"何所沓?十二焉分?日月安属?列星安陈?"两千多年前的古人对着星空发出疑问,一代代人穷尽努力,到如今我们终于向探索太空迈出实质性的步伐,去慢慢解答我们从哪儿来到哪儿去。

乙　您这话说得太好了!

甲　我在好好成长,祖国也日渐强大。

乙　一同进步。

甲　(唱)你的童年我的童年好像都一样,小小肩膀大大书包上呀上学堂,新的时代新的主张新新的模样,快乐学习德智体美个个是强项。

乙　一转眼就成了一名小学生。

甲　时间一晃来到了 2006 年,九年义务教育迎来了首批"00后",千禧宝宝们也背上了书包,开启了人生漫漫求学之路。

乙　说到上学,我问问您,小时候读书成绩怎么样?

甲　咱不是给您吹,可以说是名列前茅。

乙　是嘛。

甲　鸡立鹤群。

乙　那就是不怎么样!那叫鹤立鸡群。

甲　这不差不多嘛。

乙　有没有比较擅长的科目?

甲　这个肯定有,我比较擅长微机课,就是大家常说的电脑课,可惜小时候这个课总被数学老师占课,要不然我这……

乙　哦,您是不是主修奥比岛和 qq 农场啊?

甲　您也愿意玩奥比岛?

乙　我看你像奥比岛。

甲　2006 年我家的大事是我升入一年级,而对于大家来说一些变化正悄然来临,潜移默化地影响着千家万户。

乙　比如说呢?

138　甲　2006 年,青藏高原结束了不通铁路的历史,人类历史长河中又多了一项伟大的壮举。

乙　没错。

甲　社交网络赋予了每个人书写历史的权利，年轻人讨论最多的除了博客还有"武林"。

乙　网络时代也进入到下一阶段。

甲　（唱）北京欢迎你，为你开天辟地，流动中的魅力充满着朝气，北京欢迎你，在太阳下分享中呼吸，在黄土地刷新成绩……

乙　时间来到了2008年。

甲　2008年是不平凡的一年。这一年三年级的"00后"们感受到了中国人的爱与痛，我们见证了有史以来最无与伦比的奥运盛会。

乙　那一年，感动中国奖颁给了全体中国人！

甲　（唱）我怕我没有机会，跟你说一声再见，因为也许就再也见不到你……

乙　小学毕业了。

甲　2012年玛雅预言的世界末日没有到来，"00后"们小学毕业顺利升入中学，末日的想象伴随着真实的生活焦虑让人忐忑不安……

乙　但又憧憬未来。

甲　神九上天，蛟龙入海，诺贝尔奖文学奖的名单上第一次出现中国人的名字。

乙　结束了被钮钴禄甄嬛霸屏的暑假，2013年的新学期，"00后"神奇地发现三尺讲台搬上了无垠太空。

甲　单独二孩的到来，让"00后"有了兄弟姐妹。

乙　在成长的路上，不再孤单。

叫我「00后」

139

甲　（唱）随风奔跑自由是方向，追逐雷和闪电的力量，把浩瀚的宇宙装进我胸膛，即使再小的帆也能远航……

乙　2015到2017年，"00后"们升入高中，在考场上攻坚克难。

甲　考场外屠呦呦拿下诺贝尔医学奖，北京携手张家口拿下2022年冬奥会举办权。

乙　从个人到国家，一切都在快速蜕变。

甲　（唱）我和我的祖国，一刻也不能分割，无论我走到哪里，都流传一首赞歌……

乙　（快板）伟大的祖国在腾飞，神州大地尽朝晖，雄伟的山，秀美的水，祖国的山山水水如此多娇格外地美。繁华的城，富饶的乡，祖国的城乡换了新装，欢快的舞，动听的歌，献给美丽的共和国！

甲　这是2019年新中国成立70周年。

乙　我和我的祖国响彻中华大地。

甲　嫦娥四号带着国人的浪漫上九天揽月，地球跟着人类流浪的想象刚刚开始。

乙　走上了新的征途。

甲　（唱）听我说谢谢你，因为有你，温暖了四季，听我说感谢有你，世界更美丽……

乙　时间来到了2020年，新冠疫情的大规模爆发仿佛将世界按下了暂停键。

甲　但也是这一年，"00后"已经冲进了抗疫最前线，让所有人看到什么叫作青春力量、时代脊梁。

乙　还是在2020年，我国实现了全面小康的目标。

甲　20年前联合国《千年宣言》提出的要求在中国大地上正变为现实。

乙　一代代人的托举造就了今天的中国。

甲　(唱)听把新征程号角吹响,强军目标召唤在前方,我要强我们就要担当,战场上写出铁血荣光……

乙　(快板)听党指挥! 能打胜仗! 政治坚定! 作风优良! 强军号角已吹响,战士永远心向党。强军战歌壮军威,八一军旗放光辉。阔步奋进新时代,威武之师多豪迈。高唱战歌斗志昂,永葆江山万年长! 永葆江山万年长!

甲　曾经那艘小小的南湖船已变成巨轮,青年、国家、时代是彼此助推的浪潮。

乙　缺一不可。

甲　"00后"这代人出生在国家富强,科技发达的年代,但我们也有自己的使命感。

乙　每代人都有每代人该做的事。

甲　对我来说是一种光荣,更是一副重担。虽然我们刚刚与这个时代交手,或许我们的声音还有些稚嫩,但是我们却足够热烈,"00后"真的来了!

乙　你们准备好了吗?

甲　我们时刻准备着!

扫码获取
• 相声展演视频
• 经典相声作品

贾颛佳

作者：程俊森

（乙先上台）

乙　观众朋友们，大家好。我是×××，今天我给大家说段相声。相声啊是一门……

甲　（上台）哎哟，来了这么多朋友呢，大家好啊！（逐次向观众打招呼）

乙　也不知道这来的是谁。您好！（甲没回应）您好！（甲又没回应）

甲　这还有一人呢？

乙　这叫什么话？

甲　你杵这干吗呢？

乙　瞧这位这措辞。我呀，在这儿给大伙说相声呢。

甲　说相声？

乙　昂。

甲　还活着呢？

乙　这叫什么话？

甲　说相声还能养活自己吗？

乙　怎么？

甲　相声这行的钱早就被我诈骗干净了。

乙　啊？

甲　不不,不对,我意思是我原先是干这行的专家,我表演得太好,其余说相声的都没饭吃了,我就没干这个了。

乙　专家？您是专家啊？

甲　那当然。我,你不知道？

乙　没听说过。

甲　你个外行。我！我这么有名不认识我？不但是我,我整个家族的人各位都应该有所耳闻。

乙　都有谁？

甲　马大哈,我二大爷;史珍香,我三婶;神医刘洪斌,我四姨;张二伯,我五叔。我们家族,厉害！

乙　这些都是大伙"喜欢"的人啊。那您是？

甲　我,姓贾名颉佳。

乙　专家？专家都这模样儿？

甲　你不尊重我,你啊学点儿好！

乙　你不假专家吗？

甲　颉,颉顼帝的颉,有善良之意,我有一颗仁爱善良的心。佳,美好的意思。贾颉佳。

乙　看人家这名字多有寓意。

甲　当然了,贾颉佳,贾颉佳,人如其名。

乙　怎么？

甲　我是一个专家。

乙　那您特别精通的是哪一领域啊？

甲　这叫什么话？

乙　你不专家嘛？

甲　什么叫哪一领域啊,各行各业尽皆擅长。

乙　嚯，这么说你全才。

甲　就拿这相声来说。

乙　您说说，我向您学习。

甲　相声啊，主要是逗各位开心的，表演内容我们要慎重。

乙　是。

甲　首先传统相声……

乙　对，传统是基础，得多演多练……

甲　呸！不尊重专家，我还没说完。传统相声呐，咱不演。一是观众不爱看，二是我不愿意演。

乙　我看你不会。

甲　就上网搜索。

乙　搜什么？

甲　看到别人的段子拿来借鉴借鉴，网上的笑话拿来 copy copy（复制），脱口秀里的内容咱类比类比，然后糅合在一起就行了，就成功了……

乙　等会儿等会儿。

甲　咱是专家啊，咱懂啊。

乙　停。敢情您抄袭啊？

甲　哪儿就说得那么难听。

乙　咱们相声演员没有那样的。每个人都需要基本功的训练，说、学、逗、唱也得样样精通。我们表演的作品来源于生活，扎根于生活，不像你到处抄袭。还专家呢！你呀，学点儿好。

甲　得得得，现在相声这行我有日子没从事了。

乙　我替相声界谢谢你。

144　甲　我投身于教育培训行业。

乙　啊？

甲　教育方面咱也是专家啊。

乙　你又行了。

甲　什么又行了？本来就厉害。我当老师！

乙　教书育人。

甲　不，我呀，去搞讲座。

乙　讲座？

甲　给学生们励志，让他们好好学习。这贾颧佳也总结出来了。

乙　您说说，我还没学够呢。

甲　一上来，先得讲明自己的学历。

乙　哪个学校毕业的。

甲　注意，重点来了！

乙　我仔细听着。

甲　你呀一定得吹嘘自己是名校毕业的，最好啊还得是国外的。什么哈佛儿、麻省儿、牛津儿……哪个听起来厉害来哪个。

乙　干吗啊？

甲　这样为后面的内容提供可信度。

乙　专家，我问问你啊，我要没这个学历还能干这个吗？

甲　能，必须能。我也没有啊。

乙　你没这学历啊？

甲　那又不重要，办个假证假学历就行！专家总结的一定是普遍适用的。

乙　那怎么介绍呢？

甲　你胡编，贾门弟子就做得很好！凡是跟我贾颧佳学习如何讲座挣钱的都是编的。现在哪儿还有真的啊？

乙　伪造啊！

甲　有人信不就成了，再花点儿小钱，让网上知名人士吹捧宣传，假专家就能成真专家。

乙　您讲些什么呢？

甲　讲一讲催泪的故事，割皮救母、捐献器官、配对骨髓、老师为学生付出生命。什么感人讲什么。

乙　哦。

甲　对了，最重要的一点别忘了。

乙　专家划重点了。

甲　你得配有BGM，背景音乐啊。

乙　要音乐做什么用？

甲　到了故事关键部分，音乐一响"我的老父亲我最疼爱的人"……（唱的时候要悲情）观众的眼泪扑簌簌地往下掉。

乙　这么灵！

甲　此时观众心里就会想。

乙　想什么？

甲　感觉自己对不起父母的养育之恩，对不起老师的教导之情。

乙　然后呢？

甲　有几句万能模板的话语派上用场。

乙　您说。

甲　这样，你拿个小本（干嘛）你记下来。贾颛佳总结的话你不得记下来反复学习吗？

乙　您说就成。这儿也有录像的，完了我找他们要视频深入学。

甲　好,我的好学生。你听好。

乙　您来。

甲　"此时此刻没有更多的话语,没有更多的眼神交流,只有心与心的沟通。孩子们,看看你们那双鬓斑白的父母啊,他们也曾是漂亮的姑娘、帅气的小伙啊。什么让他们变成今天这个样子? 是你们啊! 他们为你付出了多少? 再看看旁边的老师,他们也有自己的家庭,可他们为了你们能有个好大学上、将来有份好工作,放弃了与家人相聚的时间,而是日日夜夜地工作啊。孩子们,去吧! 去拥抱他们,对他们说句,您辛苦了,我爱您!"

乙　真专业。

甲　说完全场抱头痛哭。(模仿)一片哭声。

乙　不知道的还以为办丧事呢。

甲　然后赚钱的时候就到了。

乙　前面这么多铺垫就为了最后。

甲　层层深入。还得卖书啊。

乙　讲座的钱不够他骗的!

甲　今天贾老师看到这样感人的场景很受感动,原价250元的,现在现场买只要50元,让你学会如何感恩,如何孝顺。

乙　有人买吗?

甲　有人买吗? 一堆人抢着去。

乙　这么受欢迎?

甲　感情氛围在那儿呢。

乙　好。

甲　开着讲座上着课,钱它能不往口袋飞吗?

乙　学到了,学到了,贾颛佳不愧为贾颛佳啊。

贾颛佳

147

甲 过奖过奖。

乙 那您在别的领域还是专家吗？

甲 多得很。怎么？

乙 我想多向您学学，多门手艺多条路。

甲 行吧，看在你这么爱学的面子上我就告诉你。听好了，这可是我们家族的经验！

"直播带货"你得表演，激烈砍价不能少。

"拍短视频"你得包装，接些广告再骂骂人。

当"演员"你得找个好替身，学会对口型，用数字替代台词。

当"美食评论家"你得背熟套话。此菜皮白肉嫩，肥而不腻，香鲜味美。另一道外酥里嫩、入口即化、堪称舌尖上的美味。

乙 好。

甲 要说赚钱多，来钱快的……

乙 什么？

甲 还得是卖医疗保健产品。

乙 为什么？

甲 人人都想健康长寿，这就是市场。

乙 那您卖什么保健品？

甲 包治百病负离子水疗仪和祖传秘方强身健体保健药。

乙 两种。

甲 泡了我的水疗仪……

乙 怎么样？

甲 能帮助你排除体内的毒素，你是腰不疼了腿不酸了，一切的病魔远离你了。真可谓包治百病。

148 乙 保健药呢？

甲　吃了我的保健药,你能强身健体,防止骨骼疏松,健步如飞不是梦!

乙　这么好?

甲　你想要吗?

乙　想啊,多少钱?

甲　不贵。原价5700元的一个水疗仪和300元一瓶的保健药……

乙　有点贵了。

甲　因为我采纳了祖上药方。

乙　祖传的。

甲　但是我今天要做出一个违背祖训的决定,降低价格不惜成本,为大家带来福利。6000不要,两套一起只要1000元,您是买不了吃亏买不了上当。

乙　这么大折扣。干这还能赚钱吗?

甲　就这我还含泪赚了950元。

乙　成本才50啊。

甲　要不说来钱快嘛。

乙　有用吗?

甲　这不管。有用最好,没用也得说有用。

乙　那怎么办?

甲　找几个托,让他们刷好评。以客户的评论作为证据使用。叫好的人多了,你还不放心吗?

乙　不放心。

甲　怎么?

乙　我怕有副作用,用了之后出事,我就有"判"头了。

甲　瞧您说的,我赚钱也得守职业道德。

贾颖佳

149

乙　您讲道德？

甲　咱不能危害人性命，伤天害理的事儿不能干。

乙　怎么做到的呢？

甲　那水疗仪啊，靠的是化学反应，用不同的金属盐经过仪器分解产生不同颜色的沉淀来糊弄买主。像钙镁碰到一些阴离子就产生白色沉淀。就跟他们说，这沉淀就是排除的毒素。

乙　嚯，人家化学也学得好。

甲　这保健药呢，就用一些淀粉、糖啊等低成本无伤害的东西做成药疙瘩。

乙　了解了。

甲　所以啊，医疗保健低成本高收入。

乙　懂了。

甲　恰好今天啊我带了贾颟佳牌的保健产品。你买吗？你买吗？

乙　不买。

甲　买不了吃亏买不了上当，买一套吧。我可违背了祖宗的规定，给大家这么大优惠力度，买一套吧。

乙　停，别说了，你这是虚假宣传知道吗？

甲　不赚钱了吗？在乎这干吗？

乙　还赚钱呢？道德底线都被你践踏了。一上来，相声很容易，就 copy 网上段子。讲座煽情催泪就行，还顺带卖书。保健品纯纯是胡扯，这行业那行业我专家。

甲　本来就是嘛。

乙　呸！你呀就是各行各业的败类。哪个行业就因为有你这种人存在，那行业就不会好。人如其名，贾颟佳——一冒牌的专家。我看你那颗字就不是善良的意思。

甲 那是？

乙 愚昧之意。好好反省反省，要对得起祖宗，对得起人民，对
得起良心！

甲 我改成吗？

乙 你怎么改？

甲 我向大家真诚道歉。

乙 来吧。

甲 各位好。关于我做的事情我感到很愧疚。真诚地向全社
会说一句：对不起！我做出了错误的事情，愧对于朋友们
的喜爱支持，给大家带来了重大损失和诸多困扰。我没有
尽好自己的社会责任，给社会带来了很不好的影响。事已
至此，错了就是错了。所有对我的惩罚，我全盘接受。未
来，我将会用很长一段时间来反思和沉淀自己，并用实际
行动回馈社会。望大家接受我的道歉（鞠躬）……道歉得
怎么样？

乙 可以。

甲 真诚不真诚？

乙 真诚！

甲 那必须的。

乙 怎么？

甲 这道歉我也是专家！

乙 别挨骂了！

新体验

作者:韩云飞

甲　又跟您见面了。

乙　是呀!

甲　就喜欢跟您聊天儿,因为您这个人会生活。

乙　没错! 最喜欢新鲜事物。

甲　是吗? 您听听。那您家开那汽车?

乙　新能源,又好开又环保。

甲　您听听。那您戴那手表?

乙　新的,多功能可穿戴。

甲　您用的家具?

乙　新的,智能家居,万物互联!

甲　您那媳妇……

乙　新的……不是! 旧的! 好嘛……差点给我带沟里去!

甲　我说您媳妇用的手机?

乙　手机呀! 5G新款大屏幕!

甲　对,大屏幕,72寸!

乙　好嘛! 我媳妇还会气功! 背得动吗? 7.2寸。

甲　那就不小。

　乙　没错呀! 我们家是处处有新。

甲　我跟您不太一样,也喜欢新的,不过不体现在这些方面上。

乙　那体现在哪?

甲　我喜欢玩儿。

乙　嘿!这我还真知道,我们经常在一块玩儿"斗地主"!

甲　别提了!他这人玩儿斗地主有个毛病,爱激动!禁不住抓好牌,手上一有好牌,当时就血压升高,嗓门加强,五官挪位,血灌瞳仁!(学乙)四个二!炸……

乙　行了,行了,我是这模样吗?

甲　我说的不是这么玩儿,是新玩儿法。

乙　什么新玩儿法呀?

甲　这么着吧,你跟着我走。我带你体验体验咱们北京的新玩儿法。

乙　那行。首先咱们上哪儿去?

甲　首先呀,咱们先奔西,出了五环。我带你看看炉子去……

乙　不用出五环,我们家就有炉子……上面架个锅,中午咱们就涮肉了!

甲　你扣着食呐!我说的是西边首钢园!

乙　首钢园,听说过,我还真没去过!

甲　这是咱们北京最新的打卡地,到了里面,你能体验体验咱们老首钢的标志性建筑。

乙　都有什么呀?

甲　拍拍首钢大桥,看看三高炉,逛逛月季园,跳跳老古井……

乙　啊?我玩儿命啊!跳井都出来了!

甲　不是!我说看完大跳台,您再看老古井!

乙　哦,这是两个景点。

甲　都看完了,您再参观参观咱们冬奥场馆。里面都是"高科技"！

乙　什么高科技？

甲　利用最新AR、VR增强成像技术对比赛进行回放，让您不错过任意一个细节。身临其境，仿佛您自己参与比赛一样！知道这叫什么吗？

乙　什么呀？

甲　"沉浸式体验"。

乙　哦，明白了，先泡水里，再捞出来！

甲　我瞧你就像进水的！不是告诉你了吗？你沉浸进去了，利用科技的力量带你进入虚拟世界，让你有梦幻的感觉！

乙　好嘛！听着这么悬呐！

甲　我还跟你说，这种高科技应用现在越来越多！沉浸式旅游，沉浸式餐饮，沉浸式游戏，沉浸式农业……

乙　等会儿，怎么农业还沉浸式啊？

甲　我们现在有沉浸式农庄，里面不但有成百上千种农作物，自己体验种植，品尝各种农家美食。最主要的，到我们这沉浸式农庄能让你知道这些农作物都是怎么长起来的。

乙　这怎么体验呐？

甲　利用VR技术呀，让你身临其境。带上VR虚拟设备呀，你现在就是一根葱了！

乙　啊？我算哪根儿葱呀！

甲　还是没明白，就是你以一根葱的视角看着自己慢慢长大。

乙　还真有意思！都能看见什么呀？

甲　那可太多了。看看工作人员怎么对你进行护理，怎么给你修剪，怎么给你浇水，怎么给你施肥。特别是这施肥，每天一次呀，这么大盆，往你脑袋上……

乙　行了,行了,我明白了,反正是身临其境。哎,您刚才说的还有什么?沉浸式旅游,这怎么回事儿?

甲　更好体验了,我带你逛逛前门……

乙　嗨!前门有什么可逛的。小时候我常去,大栅栏,箭楼子,鲜鱼口……太多了,过去都是小胡同。

甲　现在你再瞧瞧去呀!跟过去不一样了,完全变成了步行街,道路拓宽,店面修缮,老字号都回来了,一家挨一家,还有好几家新建的购物广场、体验中心。最主要的是,老街道用上高科技了,给你的体验是焕然一新……

乙　哦,就是您说的沉浸式?

甲　没错!

乙　都用上什么高科技了?

甲　5G智慧商圈。

乙　不懂。

甲　简单地说吧,以后上街你就不用带大脑了!

乙　好嘛!我上街抽风去呀!

甲　不是,有智慧商圈呀!你想去哪儿,智慧导航完全给你解决了。比方说吧,你到前门走着走着,迷路了,又渴又饿……

乙　各位,您听听,我还是北京人吗?到前门都能走丢了。

甲　这不是变化大嘛,你没去过!人太多了。

乙　那怎么办呢?

甲　没关系呀,街边有咱们5G智能导航系统,沉浸式体验这就来了。

乙　怎么来了?

甲　您对着咱们智能导航系统,就说了一句……

乙　说什么呀？

甲　四个二,炸……

乙　嗨！怎么老忘不了这个呀！

甲　不是,您饿了！说的是"四个鸡腿,要炸的"！

乙　好嘛,我也太惨了！

甲　智能导航系统就知道了,您打算找一家饭馆吃饭。

乙　哎,到饭点儿了。

甲　这时候可了不得了,周围的环境可变了:狂风大作,树木摇摆,彩霞满天,皓月当空呀！

乙　完了,我出现幻觉了！这都什么天儿呀！

甲　没告诉您吗？这是AR成像技术,做出来的特效,让您分不出真假！这时候有一少女从天而降,衣着华丽,体态娇柔,燕语莺声。对着您就说了一句……

乙　什么呀？

甲　(河北方言)先生,这边请……

乙　嗨,怎么这味儿啊！

甲　智能导航嘛！语音用的是方言版,多亲切。

乙　多别扭呀！

甲　把您领到一家特色沉浸式餐厅。

乙　餐厅也沉浸式？

甲　对呀,这叫沉浸式用餐体验！您喜欢什么主题,都能满足您的需求。您说吧……

乙　我喜欢宫廷系列！

甲　行呀！您穿上宫廷服装,给您吃宫廷菜品,坐在那用餐,周围所有给您服务的人员都按照宫廷礼仪向您行礼。

乙　嘿！这我得多美呀！你给我学学。

甲　"圣上赐您十全大补汤,公公请慢用"。

乙　公公? 我怎么来这么个角儿呀!

甲　你不喜欢宫廷系列嘛!

乙　行,您还别说,这沉浸式用餐还真有意思。哎,对了,吃完了我打算玩儿点什么行不行?

甲　太行了!"元宇宙"听说过吗?

乙　听说过呀! 虚拟世界,里面体现的东西跟现实一样!

甲　对,你玩儿的游戏就是在元宇宙里开发的。更能体现"沉浸式"。

乙　具体您说说。

甲　您打算玩儿这种沉浸式游戏很简单,往那儿一站,拿这么大一个东西往您脑袋上"咔嚓"这么一扣!

乙　你直接把我开了得了! 怎么这么大动静!

甲　不是,给您带上虚拟头戴设备呀。马上你就进入虚拟游戏世界,你想当谁就当谁!

乙　是吗? 我最喜欢三国,关羽关云长那是我的偶像!

甲　行! 进入虚拟世界你就是关羽。周围景象全都穿越回三国年代,什么房屋建筑、山川大河、四季景色、日出日落,完全都跟古代一模一样!

乙　我都晕了,这我还穿越得回来吗?

甲　您扮演的关云长,在游戏当中身披金甲,坐骑赤兔,手拿青龙偃月刀,千军万马中,任意驰骋,纵横疆场,如入无人之境。这时候可坏了,前面跑来一匹高头大马,马上坐着个胖子,面目狰狞,披头散发,血灌瞳仁,冲您是大喝一声……

乙　说什么呀!

甲　四个二！炸…………

乙　哦，还是我呀！

谦敬之间

作者:张鑫

甲　我们这一上场,大家都鼓掌。场面非常热烈!

乙　大家伙儿捧场。

甲　充分说明了大家都很尊重我们。

乙　这叫剧场礼仪呀。

甲　不认不识的,大家这么热情,我感觉内心非常温暖。

乙　演员观众一家亲。

甲　我跟你不一样。

乙　怎么?

甲　您是相声演员。

乙　这么说,您不是?

甲　不是。(摆手)

乙　那您是?

甲　你看!(亮相)

乙　(上下打量)这……恕我眼拙。

甲　你眼睛不好啊?

乙　怎么这么说话呀!

甲　你不是说自己眼拙吗? 眼拙,(表演眼神不好的状态)眼神不好。

乙　什么呀！谁说眼拙就是眼神不好啦！

甲　不是吗？

乙　不是！那是谦词，谦词懂吗？

甲　没听说过，具体是什么病症？（关切）

乙　怎么还是病呀！

甲　有这么多关心你的观众，你不能倒下呀！

乙　你仔细看看，我这眼睛没毛病！

甲　我看看。（用力吹乙的眼睛）

乙　嗨！（闭眼躲闪）

甲　闭眼了！大伙儿瞧瞧，闭眼了！

乙　废话，有硬往里吹的吗！

甲　真没毛病呀？

乙　多有意思，真没毛病！

甲　我最看不上你们这种人啊！（指）

乙　哪种人？

甲　本来四肢健全，家庭完善，非得假装自己患有残疾，骗取善良民众的同情！

乙　谁假装残疾了！这人怎么基本的谦词都不懂呀！

甲　什么意思？你说说。

乙　谦虚的谦，词汇的词。

甲　喔！谦虚的词汇。

乙　对啦。

甲　（害羞地笑）大伙儿见谅，闹笑话了。

乙　可不是嘛！

甲　（对乙）得罪您了。

160　乙　个人的事情是小，但是这谦词、敬词、雅语是我们中国的传统文化,你在这件事上闹笑话可不应该呀。尤其在舞台上,就算你不是演员,但要是给大伙儿造成了误解,也是不好的嘛。

甲　这话说得我太惭愧了。以后我一定要加强传统文化的学习。我必须知错能改,善莫大焉!

乙　很好呀。

甲　我必须苦海无涯,回头是岸! 我必须放下屠刀,立地成佛!

乙　怎么变了和尚了!

甲　不对吗?

乙　不对!

甲　嗨,又闹笑话了。(垂头丧气)

乙　您别灰心呀。今天就是一个很好的机会。您要是不介意可以问我呀。

甲　嘿! 大家看这个人。(拍乙)

乙　怎么了?

甲　热情!

乙　哎哟!(害羞)

甲　大方!

乙　没有。(摆手)

甲　那我就不吝请教啦!(拱手)

乙　哪有说不吝请教的!

甲　那是?

乙　不吝赐教呀!

甲　没有差别。(摊手)

乙　怎么没有差别呢? 不吝赐教,就是请我不要客气,多多给你建议和指导呀。

甲　请你不要客气？

乙　嗯。

甲　对我多建议和指导？

乙　可不是嘛。

甲　大家伙儿瞧瞧这个人，很傲慢啊！

乙　这就是谦词嘛！把自己放得低低的，把别人放得高高的。

甲　喔，把我放得低低的，把你放得高高的。（比划）

乙　对啦。表示你对别人的尊重嘛。生活中总有一些你尊敬的人……

甲　我尊敬的人。（思考）

乙　一些对你很重要的人……

甲　还重要。

乙　一些……（努力想）

甲　喔，一些要讨好的人！

乙　对。嗯？不对！

甲　那就得说是我上司了。

乙　啊？

甲　主任！

乙　这不好吧。

甲　这怎么了？主任不值得我尊重吗？

乙　那倒是。

甲　不重要吗？

乙　重要，但是……

甲　我得讨好他啊！他手一松一紧，我的年终奖，我的工资，都在人家手里！（着急地拍手）

　乙　这取决于你的工作水平……

甲　我不管！咱们就比如说,我今天要去见我们主任……(俯首帖耳)

乙　你要干吗呀?(躲远)你好好说。

甲　嘿嘿,你教教我。(谄笑)

乙　什么呀?

甲　你说的呀,敬词、谦词,还有那个什么……

乙　雅语。

甲　对,哑语我见过,我不会,你教我怎么比划……(乱比划)

乙　那个哑语啊！不是!

甲　不是吗?

乙　文雅的雅!

甲　哦,我说呢。文雅好,我也想变得文雅。您教教我。您教教我吧。您这么有学问,请您不吝赐教!

乙　(为难)先说好了,我这是不想以后看你再闹笑话。

甲　对对对！您这是爱护我。

乙　嗯。(受用)

甲　保护我。(抱着自己)

乙　咱们就假设一个情景,实际来一遍,你就理解啦。

甲　好,什么情景?(摩拳擦掌)

乙　就比如……(思考)比如逢年过节,你去别人家登门拜访。

甲　喔!

乙　进门总要寒暄一阵,问候家人吧?

甲　对对,还得说吉利话。(笑容满面)

乙　这里面学问可大了。咱们现在就假设你带着礼物来看我,我呢,在家里迎接你。这一来一去,谦词、敬词、雅语怎么使用,你也就明白得差不多啦。

甲　好嘞。那我从那边过来，一敲门，我们就开始？

乙　好呀。

（甲跑下场。再登场时春光满面，手里像是提着礼物的样子，和观众点头拱手。）

甲　各位，新年快乐！新年好！

乙　没看出来，还挺有表演天分！

甲　换了本日历，新年就到了。

乙　这是什么逻辑关系。

甲　（展示）这不，我带着礼物来给我们主任拜年了。

（甲站定，敲门状。忽然又卸下状态。）

甲　你是男的女的呀？

乙　啊？这都看不出来呀？

甲　这不是表演嘛。对待男同志和女同志那可太不一样了。我们先规定好嘛。我这也是认真呀！

乙　得，他还有理了。就男同志吧。符合我的身份，我也好表演呀。

甲　好嘞。

（甲又跑下场。带着刚刚的状态，二次表演来拜访。）

乙　得，他又来了。

甲　换了本日历，新年就到了。

乙　从哪儿开始啊？

甲　（敲门）主任，开门呀。

乙　进入正题了。来啦！（开门）是你呀！

甲　嘿嘿，主任。是我。

乙　要来怎么不提前和我说一声？怎么，工作上有什么问题吗？

甲　哎哟，不愧是主任。

乙　啊？

甲　大家伙儿都放假了，您还想着工作的事。我敬佩！（竖拇指）

乙　身在其位，这是应该的嘛。这么说，不是工作的事儿？

甲　嗨，我这不是正好路过您家，来问候一下。

乙　哦，是这样。别在门口站着了，外面冷，快进来吧！

甲　唉。（关门）

乙　我去让内人给你泡杯热茶。

甲　（抓住）这怎么好麻烦嫂子呀！

乙　那有什么的，你是来做客的嘛。

甲　哎哟，我不敢！（摆手）

乙　不敢什么？

甲　主任您快坐。（拉住）我不喝茶！

乙　不喝茶？哦，不喜欢！那咖啡？

甲　苦！

乙　凉白开？

甲　胃疼！

乙　怎么年纪轻轻的，身体素质这么差呀！那你说你要什么？

甲　啊……主任，要不把您家抹布给我吧。

乙　怎么啦？

甲　我把门口的皮鞋擦了。（指）

乙　给我擦鞋啊！不用！你到底有什么事儿呀！

甲　我能有什么事儿。（堆笑）嗳，主任，我刚刚就想说，您家的装潢真是了不得啊！这地板，这家具，这台灯！真是蓬荜生辉！

乙　错啦！

甲　错哪儿了？

乙　这"蓬"啊，是指用蓬草编的门，"荜"是用荆条、竹木编成的篱笆，所以"蓬荜"借指穷苦人家，只能说自己，不能说别人。

甲　哦，是这样。所以说，这词不能我去主任家的时候说。

乙　对啦。

甲　只能主任去我家的时候说。

乙　嗯？

甲　问题是他不来啊他！

乙　啊？

甲　本来嘛。只有我们小员工往主任家跑的道理，人家哪儿瞧得上我们呐！（拍手）

乙　你这话怎么这么怪啊？

甲　先别管怪不怪，那我该怎么说？

乙　你就说，多有叨扰。

甲　哦，我知道了！（进入表演）主任，多有叨扰了。

乙　不客气，就当在自己家一样。

甲　我家哪儿能和主任您家比啊。

乙　可以一样地放松嘛，不用紧张。

甲　我……我不紧张。

乙　不紧张你哆嗦什么？

甲　还不是因为第一次。

乙　啊？

甲　第一次来主任家，有点儿害怕。

乙　怕什么，我又不咬人！

甲　是,一般喂熟了就不咬了。

乙　啊? 狗哇!

甲　不是! 我的意思是,伴君如伴虎嘛。

乙　得,又成了土皇帝了。我说你到底有什么事儿啊?

甲　(低声)没事儿,没事儿。

乙　你要是还不说,可别怪我下逐客令啦?

甲　我有事,主任!(立即)

乙　对啦,有什么事儿你就大大方方地说。

甲　大大方方地说行吗?

乙　当然。

甲　(左顾右盼)不好吧?

乙　那有什么的?

(甲凑到乙耳边嘀嘀咕咕。乙推开。)

乙　干吗呀!

甲　这个事儿它不能大声说!

乙　怎么了? 生活有困难?(凑近低声)

甲　没有。(躲闪)

乙　和女朋友吵架了?

甲　(思考一下)这几天没有。

乙　你别让我挤牙膏啊! 有什么困难你直接说,我们都可以想
办法解决嘛!

甲　我是有困难。

乙　怎么了?

甲　主任你看。(提上礼物)

乙　什么呀?

甲　这不是过年了。我一亲戚不小心多买了几瓶好酒。您看

看，都是洋酒！（展示）我这胃不行，您是知道的。还得麻烦您……

乙　怎么样？（打量）

甲　替我遭这个罪了。（放在桌上）

乙　喔！你是为这个来的！

甲　还有几条中华。我知道主任是抽烟的……

乙　你看见我抽中华了？

甲　没有没有！不过主任您不是总教育我们，"年轻人，不能待在舒适圈里，要勇敢地尝试新鲜事物"吗？您老当益壮，也尝试尝试……

乙　好了！我说你这个人，文化水平不行，溜须拍马倒是一套一套的！

甲　我这不是积极进取吗？（小声）

乙　就这呀？送烟送酒？积极进取没错，但你得用自己的努力去换来大家的尊重，只有这样才能做一个堂堂正正的人！要是学子只想着讨好老师，谁还会刻苦读书？工程的负责人要是钻空子，又要制造多少事故？政府官员如果滋生腐败，还怎么做好人民的公仆？革命先辈用鲜血争取来了今天的自由平等，为的就是后代能够挺直腰杆，傲立于世界之林。谦虚尊敬必须谨记于心，但是同时，不管面对的是什么，我们都必须不卑不亢，不能从精神上再次成为任何东西的奴隶！

甲　（羞愧）没错。尊重是要靠自己的能力争取的！以后我一定要用自己的实际付出，换来您对我的认可！

乙　明白了就好。大过年的，把这些拿回去吧，多陪陪家里人，我就不强留你啦。（把礼物推过去）

甲　好。谢谢主任！

（甲感动，提着礼物，作势要走，低下头好像看了下什么，忽然回头。）

甲　那个，主任……

乙　怎么啦？

甲　抹布……

乙　还惦记着擦鞋呐！

（甲、乙鞠躬下台，全剧终。）

扫码获取

· 相声展演视频
· 经典相声作品

文物医生

作者：赵思宇　柳帅君　杨嶓

乙　亲爱的观众朋友们，大家好！

甲　（闻乙）pH值（酸碱度）为4。

乙　今天给大家说段相声。

甲　（摸脸）颜色红褐色。

乙　相声的名字叫啊……

甲　（看牙）虫蛀严重，晚期，坏了坏了坏了！

乙　嘿，你是干什么的？

甲　看不出来？

乙　没看出来。

甲　我是一名医生。

乙　牙医！

甲　哪里有牙。

乙　你不是说我虫蛀严重吗？

甲　牙医不对。这样，我给你模仿个动作，你猜猜（做说书俑动作）。

乙　奥特曼。

甲　奥特曼是大夫啊？

乙　那您这是干吗呢？

甲　这样,你360°全方位看看,猜猜我是哪个科的。

乙　猜到了。

甲　哪个科。

乙　精神科。

甲　我看你像精神病。

乙　正常人哪有这个样子的。

甲　行了,你别瞎猜了,我告诉你得了。我是一名文物医生。

乙　文物医生?

甲　哎,出土的文物,破损的文物,都由我来医治。

乙　给文物看病都那个熊样啊!

甲　停,不许这样说我爷爷。

乙　我没提你爷爷啊。

甲　这是我修复过的一个文物——汉代说书俑(做说书俑状)。

乙　你爷爷是说书俑?

甲　你爷爷才卖艺的呢。我爷爷也是一名文物工作者,这件说
　　书俑就是他很多年前挖掘的。

乙　哦,你这么一说我就明白了。这说书俑是你爷爷挖掘你修
　　复的文物。

甲　对了。提起我爷爷,那可是咱们国家第一代植物人。

乙　你爷爷瘫痪了? 植物人?

甲　文物人。

乙　说清楚了。

甲　那时候我们国家百废待兴,文物保护工作也才刚刚开展。

乙　那都才起步。

甲　每天凌晨十二点,我爷爷就换上夜行衣,扛着洛阳铲。

乙　这是盗墓啊。

甲　一边走一边还哼着歌。

乙　什么歌？

甲　（哼唱《猪八戒背媳妇》）

乙　你爷爷这是要盗二师兄的墓。

甲　怎么还盗墓啊。

乙　那这是干吗？

甲　寻找文物。

乙　寻找文物哼这歌？

甲　我爷爷喜欢看《西游记》。

乙　哦。

甲　边干活嘴里还念着咒语。

乙　说什么啊？

甲　在小小的坟墓里面挖呀挖呀挖，不管挖出啥我都赶紧往外扒。

乙　这都是考古该唱的歌吗？

甲　（河南话）这一块大丰收啦！鞋垫、袜子、铁盆、玻璃瓶，闪开啦，这还有个大尿壶。

乙　这干吗，捡破烂是吗？

甲　（河南话）孩子小，啥也不懂，这都能换钱。

乙　那不还是卖破烂。

甲　起初我爷爷确实是不太懂考古，后来在有关专家的帮助下，他终于走上了文物挖掘的道路，成为一名考古专家。

乙　哎，这才成为从业者。

甲　我爷爷大半辈子，抢救了许多国宝级文物。

乙　国宝英雄。

甲　但是问题来了，这么多文物，指着我爷爷这一代人，也清理不完啊。

乙　可不嘛。

甲　（河南话）没关系，我挖不完还有我儿子挖，儿子挖不完还有我孙子挖，子子孙孙是没有穷尽嘞。

乙　你爷爷是愚公。愚公移山啊。

甲　对了，我爷爷就是要发扬愚公移山的精神。

乙　倒是给他提醒了。

甲　他把我爸爸叫到了身边。（河南话）"儿子啊，咱家得把这个文物修复的使命继承下去啊。"

乙　让你爸爸继续干这行。

甲　说着，就把我爸爸带到了他的书房。一进书房，当时我爸爸就震惊了。

乙　怎么了？

甲　好家伙，这一墙挂满了洛阳铲啊！

乙　还是盗墓。

甲　盗墓干吗啊？

乙　那怎么还一墙的洛阳铲？

甲　考古工具嘛，不光洛阳铲，还有许多我爷爷自制的工具。

乙　都有什么啊？

甲　有鸡毛做的掸子，兔毛做的捻子，羊毛做的毯子，鹅毛做的垫子，猪毛做的刷子。

乙　你爷爷是卖土产的。

甲　什么卖土产的。

乙　这不鸡毛掸子嘛。

甲　这都是修复文物能用到的。

乙　嗨！

甲　你再往桌上看，就都堆满了文物啊，狗骨头，牛骨头，马骨头，人骨头……

乙　这哪是文物啊，这就是坟墓啊。

甲　对，我爷爷就是专门研究古墓的。

乙　哦哦。

甲　我爸爸看着眼前的骨头，眼泪哗哗的。

乙　你爸爸跑这儿上坟来了。

甲　上坟像话吗。

乙　那看见骨头哭什么？

甲　被我爷爷的精神感动了，决心做一名文物医生。

乙　也叫文物修复师。

甲　我爸爸生活的时期就不同喽。文物不断涌现，修复技术得到发展，给我爸爸忙得哟。

乙　任务多了。

甲　（模仿上海话）杨师傅，杨师傅，您来看看这陶瓷裂纹了咋治？（模仿唐山话）杨大夫，这书画断裂了，咋个修复？（模仿东北话）那啥，老杨，这夜壶整稀碎，咋地，手术啊？

乙　怎么还有夜壶？

甲　这夜壶可是汉代文物了。

乙　哦，这回不是破烂了。

甲　要说我爸爸最拿手的，还是古籍修复。

乙　哦，修复古书。

甲　江湖人称"古罗米修师"。

乙　那是古希腊的普罗米修斯。

甲　不，古罗米修师。

乙　怎么个古罗米修师？

甲　就是我爸爸是古籍摞了好几米全都能给修复好的大师，简称"古罗米修师"。

乙　您就别简称了。

甲　每天天不亮，我爸爸换好工作服，拿上小刀子、小剪子、小锤子、小镊子、小钳子……

乙　你爸爸做裁缝去了。

甲　这都是文物修复不可少的。哼着歌可就出门了。

乙　你爸爸也哼歌。

甲　（哼唱）是谁送你来到我身边……

乙　你爸爸要修复玉兔，然后跟唐僧结婚。

甲　挨着唐僧什么事了？

乙　怎么还是《西游记》？

甲　我爸爸也爱看《西游记》。

乙　真是一家子。

甲　我爸爸是边修复古籍边念咒语。

乙　他念什么？

甲　在小小的书本上面刷呀刷呀刷，粘好一本书我心里乐开花。

乙　他们家遗传。

甲　经我爸爸手修复好的古籍那是数不胜数。

乙　都有什么啊？

甲　有《金刚经》《金诗选》《渡江书》《历算书》《张留孙碑》《封龙山碑》《竹山诗稿》《本草纲目》《周易全书》《敦煌遗书》《永乐大典》《永乐北藏》《唐宋佛经》《西夏文献》《曾文正公批牍》《古今图书集成》，还有近代的革命烈士手稿，中央红军文献，抗战时期地图和我党早期发行、历经沧桑的《新华日报》。

乙　哎哟,你爸爸修文物之前是说相声的。

甲　你就说我爸爸修复的书多不多?

乙　那太多了。

甲　你就说咱作为保三代,能不把他继承下去吗?

乙　我听说过富二代富三代的,没听过保三代的。

甲　对啊,你想啊,我爷爷、我爸爸都是文物保护的专家,那我
　　不就是保三代啊。

乙　哦,这么个保三代啊! 我以为你是保胎第三代呢。

甲　咱小时候那都是死人堆里长大的。

乙　你还上过前线?

甲　前线干吗啊?

乙　哪儿有死人堆里长大的啊。

甲　我爷爷整天研究古墓,我可不就得在墓地里玩儿嘛。

乙　这多瘆人啊。

甲　你小时候都玩儿什么玩具?

乙　我玩儿滚铁球。

甲　我玩儿骷髅头。

乙　哎呀,多吓人。

甲　……模型。

乙　模型也不行啊。

甲　小时候耳濡目染,长大后也要立志做一名文物医生。

乙　好。

甲　从文物修复专业毕业后,我就考到了咱们博物馆,成为我
　　们家第三代文物人。

乙　子承父业。

甲　我爷爷是研究古墓的，我爸爸是修复古籍的。

乙　你怎么样。

甲　我是全能修复师啊。

乙　全能？

甲　对，就没我不会修的。什么瓷器、陶器、木器、铁器，咱
　　全行。

乙　嚯。

甲　每天咱也是天不亮就出门工作了。

乙　他们家都什么毛病。

甲　白龙马，蹄儿朝西，驮着唐三藏小跑仨徒弟……

乙　得，改《西游记》动画片了。

甲　我也爱看。边工作咱也边唱呢。

乙　唱什么？

甲　在大大的博物馆里修啊修啊修，文物修得好奖励两桶油。

乙　这都什么乱七八糟的。

甲　这儿放点味精，这儿撒点食盐，这儿抹点白醋。

乙　你要把文物炖了？

甲　炖了像话吗。

乙　你这又是味精又是油的。

甲　这都是现在文物修复你意想不到的材料。

乙　确实没听过。

甲　不光如此，很多科学技术也运用到了文物修复领域。

乙　都什么啊？

甲　什么是3D打印，什么是CT扫描。

乙　文物的心脑血管还不太好。

甲　咱们运用高科技，能让这些修复好的文物更好地展现在参

观者面前。

乙　好。

甲　但是在这个过程中我也发现一个问题。

乙　什么问题？

甲　很多游客对看到的文物并不了解。

乙　对，很多人都是一知半解。

甲　所以业余时间，我就在博物馆里当上了一名义务讲解员。

乙　这个好啊。

甲　哎，也邀请像您这样的相声演员一起加入我们的队伍。

乙　这没问题啊，我从小对文物和历史也特别感兴趣。

甲　我还有个想法，咱们创新一下讲解形式，跟你们相声结合一下怎么样？

乙　怎么结合啊？

甲　咱们用数来宝给大伙儿讲解怎么样？

乙　数来宝？

甲　这样大家印象更深刻。

乙　这哪儿能结合啊。

甲　这么着，咱们俩先在这儿表演表演怎么样？

乙　怎么表演？

甲　这儿现在就是我们博物馆了。

乙　嗯。

甲　在座的观众朋友就是博物馆里的参观游览者，咱们给大家用数来宝做讲解。

乙　行，那我拿快板去。

甲　你等会儿，我问你，这是哪儿？

乙　博物馆啊！

甲　对啊,博物馆里怎么能打快板呢? 你再给骷髅们吵醒了。

乙　太吓人了。那数来宝就得用快板啊。

甲　咱们来一回互动式、沉浸式讲解。

乙　什么意思?

甲　观众朋友们,请伸出您尊贵的双手,给我们打个节拍,咱们
　　来听这段讲解版数来宝。

乙　咱们嗨起来!

甲　您鼓掌,走上前,博物馆里听我言。

乙　这里的文物一件件,娓娓道来说根源。

甲　仰韶红山和蓝田,神秘的远古映眼帘。

乙　瓷器甲骨和玉盘,金鼎彩陶有铜钱。

甲　曾侯乙,大编钟,礼乐文明再展现。

乙　三星堆,兵马俑,栩栩如生传千年。

甲　唐三彩,青花瓷,赏心悦目最璀璨。

乙　捣练图,洛神赋,千里江山,清明上河,惟妙惟肖地在眼前。

甲　咱们守护文化留根脉,文脉传承永不断。

乙　守正创新铸辉煌,中国形象展风范。

甲　我们要严谨求实、艰苦奋斗、敬业奉献,久久为功,让中华
　　文化扬四海,民族瑰宝——

合　代代传。

智能相声

作者：商明远　魏瑛东

甲　学徒上台鞠躬。（鞠躬）

甲　学徒下台鞠躬。（鞠躬下台）

乙　欸等会儿！咱在这儿干吗呢？

甲　谢幕啊。

乙　没表演谢什么幕！

甲　咱还得表演？那咱演什么呀？

乙　我不是创编了一段节目嘛，演那个。

甲　你给我发过文档。

乙　对对。

甲　四月底发的。

乙　没错。

甲　文件名叫新节目那个。

乙　就是它。

甲　早说啊！

乙　那咱演！

甲　我没看。

乙　你怎么没看呢？

　甲　哎哟，那几天正赶上我休息，要不你现发一份，我现演。

乙　你是够现眼的。行了，你现看现排也来不及。但是既然上台了不能把场子砸了，咱演一个传统节目，词都是死的，演完就走，咱是破车不碍好车道，行吗？

甲　行啊，你挑节目吧。

乙　就来上回刚演的那个，《大保镖》怎么样？

甲　演不了。

乙　怎么演不了？

甲　我没词儿。

乙　好，咱们换一个，"八扇屏"怎么样？

甲　演不了。

乙　这怎么也演不了呢？

甲　我没词儿。

乙　那咱们再换一个，最基础的，"报菜名"这总行了吧？

甲　演不了！

乙　这怎么还演不了呢？

甲、乙　我没词儿！

乙　我就知道！你怎么能没词呢？你以前怎么说的？

甲　你看你跟我搭档这么长时间，还不太了解我，我这个人的艺术有一个优点。

乙　什么优点？

甲　记不住词。

乙　这是优点吗这个！

甲　不是记不住，是不爱记词。

乙　这还是懒嘛。

甲　这可不是懒。这是不把时间浪费在重复性的劳动上，留出时间进行创造性的活动。

乙　还创造性活动，那你不记词上台怎么演呢？

甲　思维太狭隘了。

乙　怎么我就狭隘了？

甲　你是大学生啊？

乙　啊。

甲　睁眼看看世界吧。（拧脸）

乙　这是嘴！

甲　现在人工智能已经非常先进了，大量简单重复的工作可以都用它们代劳了。

乙　那这跟相声有什么关系呢？

甲　（拿出眼镜）知道这是什么吗？

乙　这是？

甲　这叫眼镜。

乙　我知道这是眼镜！

甲　英文叫glasses。

乙　我用你教我！你拿眼镜干吗啊？

甲　这不是一般的眼镜，这是最新的人工智能眼镜，拥有强大算力的顶级处理器，还配备有庞大的数据库和智能语音系统，上台之前和它连接，完全能够满足说相声的需求。

乙　相声还能用这个说？

甲　那当然了。相声本质上是基于逗哏人脑算力达成的一种表演形式。

乙　你这话我不爱听，什么叫逗哏人脑算力啊，我们捧哏不需要算力吗？

甲　当然也需要。相声表演里，逗哏负责讲述故事，区分人物，捧哏负责推进剧情，引导观众，主要是起一个辅助作用，功率和算力都低一些。

乙　那这么说，您这人工智能能捧能逗？

甲　捧逗皆精。

乙　那我得见识见识。哎，你不是说捧哏的算力低吗？咱先看看这算力低的，你站这边来。

（甲乙互换）

乙　咱就开始表演。

甲　容我连接一下。（戴眼镜）小穷学徒，进入捧哏模式。

乙　我拦您一句啊，什么叫小穷学徒啊？

甲　（摘）这是人工智能的名字，为了纪念我们的祖师爷穷不怕先生，因为他比较谦虚，所以叫小穷学徒。

乙　这名字水点儿，那咱们开始吧。

甲、乙（鞠躬）

乙　你看无论是哪一行哪一业，都需要个好身体。

甲　（停顿）哎，身体得好。（正常）

乙　你这什么情况！

甲　这人工智能有点儿网络延迟。

乙　这还有延迟。您看我身体怎么样？

甲　（停顿）你这身体呀，你这身体就一般了。

乙　哎哟，我这个难受啊，咱再往后再趟几句啊。知道我干吗的吗？

甲　您是？

乙　练武的。

甲　这么说您还是个练家子。

乙　你还真别说，这几句词都对啊。

甲　我出个灯谜我考考你。

乙　这时候出什么灯谜啊。

甲　(摘)检测到你说错词，进入救场模式。

乙　我也没往下说啊！你这玩意还有救场？

甲　那当然了，救场。

乙　那这怎么退出啊？

甲　猜出来就可以退出。

乙　猜不对怎么办呢？

甲　猜不对有管理员手势密码可以重启。

乙　密码是什么呀？

甲　就是朝小穷学徒鞠一躬，即可重新开机。

乙　这可真够费劲的。

甲　你不退出我继续不下去了。

乙　这叫什么啊！听听你这灯谜。

甲　请听题。每次和大姨出海都会出事故，请问为什么？

乙　因为她不会开船。

甲　错误。

乙　那答案是？

甲　答案是因为友谊的小船说翻就翻。

乙　这什么破灯谜啊！

甲　(摘)赶紧，管理员密码，要不退出不了。

乙　这叫什么事儿啊！(鞠躬)

甲　平身。

乙　谁给你鞠躬了！

甲　开机音效。

乙　没你事儿啊，接着捧哏。换一个节目能行吗？

184　甲　当然可以，我会六万多段相声。

乙　有六万多段相声吗！那表演一个《蛤蟆鼓》。

甲、乙　（鞠躬）

乙　你说这蛤蟆个儿这么小，为什么叫唤出声音来这么大？

甲　（停顿）因为蛤蟆嘴大、脖子粗、肚子大。

乙　又有延迟。那我们家那纸篓子也是嘴大、脖子粗、肚子大，为什么搁那儿响都不响？

甲　这个嘛，纸篓子是竹子编的，竹子做的东西不响。

乙　那人家吹的笛子，也是竹子做的，为什么这么响？

甲　笛子上边有窟窿眼儿，有窟窿眼儿就响。

乙　我们家有一筛子，从没听它响过。

甲　筛子那是圆的、扁的，又圆又扁的东西不响。

乙　嘿，这也行啊！

甲　我出个灯谜我考考你。

乙　我这夸你呢！怎么又救场模式了。

甲　（摘）怎么办吧？

乙　你这什么人工智能啊，赶紧给他退出，我可不猜那倒霉灯谜了。

甲　那你快鞠躬。

（乙鞠躬）

甲　平身。

乙　我不跟你计较，再换一个可以吗？

甲　当然可以，我会六万多段相声。

乙　又来了。咱们换一段（鞠躬），咱们来一回反正话怎么样？

甲　（停顿）什么叫反正话啊？

乙　就是我说出一句话，您把这句话反过来。

甲　哦，您说一个我给您翻过来？

乙　对。

甲　没问题，你说什么我给你翻什么。

乙　比方说：我的桌子。

甲　括弧，此时捧哏用手翻桌子，括弧完毕。

乙　这怎么读出来了？

甲　（摘）噢，这是动作，我以为台词呢。

乙　这叫什么演员呢，台词和动作都分不清。

甲　它就这么报给我的。

乙　我明白了，你这不就是提词器嘛。把各种台词往里一导，要用的时候检索出来，都是现成的文本啊，创编节目你能量吗？

甲　当然可以，它会六万多段相声。

乙　创编的不在数据库里，它怎么演呢？

甲　小穷学徒可是次时代智能相声表演 AI，具有模仿和学习能力。通过反复地学习数据库里这些相声，总结出来什么地方应该顶刨撞盖、蹬谝踹卖，说白了，就是有一套自动翻包袱系统。

乙　你的意思是说它通过检测能够自动翻包袱？

甲　对的。

乙　咱们试一试？

甲　小穷学徒，进入捧哏模式。

乙　他是傻子。

甲　我呀！

乙　嘿，这还真行啊。他是弱智。

甲　我呀！

乙　他是笨蛋。

甲　我呀!

乙　他是白痴。

甲　我呀!

乙　你就会这一句是吗?

甲　你就会你这一句是吗?

乙　怎么了?

甲　你不能光从我身上找包袱呀。

乙　那我还得换一下,我换你就能换吗?

甲　当然了。

乙　我是他爸爸。

甲　他呀。(摘)走! 还是占我便宜嘛!

乙　嘿,你还真别说,你这个自动翻包袱还凑合。这捧哏算力低,都是接别人的话,逗哏你能行吗?

甲、乙　当然可以,它会六万多段相声(含后半句)。

乙　我就知道,那来试试。

甲　小穷学徒,进入逗哏模式。

(乙甲互换位置,鞠躬)(停顿)

乙　我们俩跑这守灵来了。

甲　(摘)什么叫守灵啊?

乙　废话,你倒是说啊!

甲　我没法说啊。

乙　怎么没法说呢?

甲　有输入才有输出啊,你倒是给我输入指令啊。(戴)

乙　噢,我还得输入指令。哎,说段相声。

甲　(鞠躬)晕倒。

乙　欻,怎么还晕过去了呢?

甲 (摘)废话,有指令是说个相声的吗?

乙 咱们平时布置演出任务不都这样吗,唱段快板,说段相声。

甲 那是人! 人可以自己挑个喜欢的节目,人工智能他这数据库里有六万多段相声呢,没有先后顺序,你说它是说哪段不说哪段,这cpu不就过载了吗?

乙 那他就不能自己拿个主意吗?

甲 人工智能是工具,工具是服务于人的,到头来还得人来确定主题。

乙 噢! 就是我确定一个主题,他就能说上来?

甲 那当然了(戴)。

乙 小穷学徒! 要求你以逗哏的身份,说一段相声,要求相声的主题与武术相关。

甲 你看无论干哪一行,哪一业,都得有个好体格,你看……

乙 但是这个逗哏的又喜欢对对子。

甲 我的身份是一个文人,平时我就喜欢……

乙 对铃铛又特别感兴趣。

甲 在山区拉大车,看见车前边有这么一个秤砣……

乙 还喜欢请人吃饭。

甲 所以我请您吃南北大菜满汉秤砣!

乙 满汉秤砣啊! 有请客吃秤砣的嘛!

甲 (摘)有哪段相声,是一个练武的文人在山区拉大车,没事请人吃秤砣?

乙 你不说逗哏模式算力高嘛!

甲 算力高也不能这么用啊,艺术要讲求严谨性。

乙 甭来这套! 我算看出来了,你这个人工智能也不太智能,捧哏接逗哏话勉强说得过去,一到逗哏这个位置上来,完全就只能模仿和抄袭,根本没有自己创作的能力,一演新东西就白瞎,外行!

甲　(摘)你说什么?

乙　外行!

甲　你骂我。

乙　我早该骂你。

甲　那我就得让你见识见识它的厉害。

乙　怎么着?

甲　出题吧,当场给你创编一段新相声(戴)。

乙　行,我也不难为你,小穷学徒!进入逗哏模式!请你以咱们来天津为题,创作一篇相声。(甲鞠躬)吓我一跳。

甲　很荣幸来到咱们天津,参加"马季杯"全国大学生相声展演。

乙　没错。

甲　上台来应当给您做一个自我介绍。

乙　应该的。

甲　我叫商明远,这位叫赵鹏。

乙　是我们俩。

甲　我们俩坐了很长时间火车来到天津。天津真美丽,我爱天津。(鞠躬)

乙　你这就说完了?

甲　(摘)说完啦。

乙　你这段相声它有包袱吗?

甲　没包袱啊。

乙　没包袱那叫相声吗!

甲　噢,还得有包袱。

乙　多新鲜呢！没包袱那是接受采访！

甲　你指令里没说呀。

乙　这用说嘛！小穷学徒！进入逗哏模式！（甲戴）请你以咱们来天津为题，创作一篇有包袱的相声。

甲　（鞠躬）很荣幸来到咱们天津，参加"马季杯"全国大学生相声展演。

乙　没错。

甲　上台来应当给您做一个自我介绍。

乙　应该的。

甲　我叫商明远，这位叫赵鹏。

乙　是我们俩。

甲　我们俩背着包袱坐了很长时间火车来到天津，下火车把包袱扔了，天津真美丽，我爱天津。（鞠躬）

乙　走！

甲　（摘）你干吗呀？

乙　有包袱就是背着包袱上天津啊？

甲　你不说加包袱吗？

乙　这是术语！我的意思是笑料，好玩儿的东西。

甲　我们人工智能哪攥坎儿啊！

乙　你这不是知道嘛！相声得有相声的组成部分，得有笑料，有贯口，就是相声演员在舞台上以有节奏和一气呵成的方式表演的篇幅较长的说词。

甲　你说明白了，我都能给你创作！

乙　小穷学徒！进入逗哏模式！（甲戴）请你以咱们来天津为题，创作一篇包含相声演员在舞台上以有节奏和一气呵成的方式表演的篇幅较长的说词的相声。

甲　(鞠躬)很荣幸来到咱们天津。

乙　哎。

甲　天津,地处华北平原东部,位于海河入海口,是中国北方一座富有人文魅力、自然禀赋优越的沿海开放城市。

乙　没让你介绍。

甲　来到这是为了参加"马季杯"全国大学生相声展演。

乙　都是大学生啊。

甲　大学生,通常是指正在接受基础高等教育和专业高等教育还未毕业或受过高等教育已经毕业的一群人。

乙　哎哟。

甲　我们俩坐了很长时间火车才来到这。

乙　坐火车来的。

甲　火车,又称铁路列车,指在铁路轨道上行驶的车辆,通常由多节车厢所组成,为人类的现代重要交通工具之一。

乙　哎,你是不是还得介绍火车有多少种?

甲　火车有很多种,有蒸汽机车、内燃机车、电力机车、磁悬浮列车。有旅客列车、货物列车、路用列车、军用列车还有混合列车,有特快旅客列车、快速旅客列车、普通旅客列车、临时旅客列车、临时旅游列车。有C字头、L头、D字头、K字头、T字头、Z字头,还有G字头列车!

乙　这什么人工智能!

甲　人工智能,指人制造出来的可以表现出智能的机器。

乙　这不是智障嘛!

甲　智障,指使用智力思考的行为的障碍。

乙　你有病吧?

甲　有病,指生理或心理上发生的不正常状态。

乙　这人真有病！

甲　真有病，指生理或心理上的不正常状态是确定的。

乙　不演了！

甲　你说什么？

乙　我说我不演了！

甲　我出个灯谜我考考你。

乙　去你的吧！

扫码获取

· 相声展演视频

· 经典相声作品

我爱洛阳

作者：何志超

甲　尊敬的各位评委、各位老师——

乙　亲爱的各位观众朋友们——

甲、乙　大家好！

甲　能参加今天的演出我们是十分的高兴啊！

乙　太激动了！

甲　知道为什么让我们来参加吗？

乙　为什么呀？

甲　因为咱这名字好啊。

乙　是吗？

甲　当然了，你看我叫史嘉壮，我这名字有讲啊。

乙　怎么讲？

甲　你看我叫史嘉壮，洛阳说相声我最棒。首先，洛阳有着几千年的历史，其次我祝愿我的家（嘉）乡洛阳，发展秀美，更加雄壮！史嘉壮来了，鼓掌吧朋友们！

乙　那我呢？

甲　你叫什么？

乙　我叫何志超。

甲　哦，何志超，你这名字也好呀。志超志超，祝愿我们的家乡洛阳志存千里,志在超越,志超也来了,给点掌声吧各位!

乙　太好了,咱俩的名字都有好的寓意。

甲　我可不仅名字好! 我还是咱洛阳的一个宝呢!

乙　就你还洛阳的一个宝?

甲　对呀! 提起洛阳啊,我是无所不知无所不晓啊!

乙　照你这么说,那我还是洛阳大明白,说起洛阳我啥都明白!

甲　那咱俩今天遇到一起就好有一比。

乙　比从何来啊?

甲　就好比维纳斯遇见铁拐李。

乙　这怎么讲?

甲　一个缺胳膊,一个少着腿。

乙　俩残疾人哪!

甲　那是他俩又缺胳膊又少腿,咱俩是不缺胳膊不缺腿,还有一张灵巧的嘴。

乙　咱俩今天在这比嘴,比的是谁把咱洛阳夸得最美。

甲　这还用夸嘛,洛阳的美不用夸,满城盛开牡丹花。

乙　没错,牡丹花是国花,洛阳牡丹甲天下。

甲　没错,有诗为证。"洛阳地脉花最宜,牡丹尤为天下奇。"这就说明咱们洛阳从古至今最适合种植盛产牡丹,所以才有甲天下的美誉啊。

乙　我这也有诗为证。"唯有牡丹真国色,花开时节动京城。"当年咱们东都洛阳就是盛唐的京城。

甲　哟,可以啊! 要跟我赛诗。

乙　我告诉你,洛阳是个好地方,物华天宝,人杰地灵,历史悠久,有数不尽的名人诗篇呢!

甲　刚才说的这是诗篇。

乙　那不还有名人呢嘛！

甲　名人我也知道不少呢。

乙　我先来！

甲　哦，他先来。

乙　我知道不畏艰难、西行求法的唐代高僧玄奘法师，那是咱洛阳人。

甲　我知道先秦时期合纵抗秦、六国之相的纵横家苏秦。那也是咱洛阳人。

乙　还有开创了开元盛世的唐玄宗李隆基，洛阳人！

甲　空导专家，工程院院士樊会涛，洛阳人！

乙　中国一拖高级工人何铁生，洛阳人！

甲　哎？这个我怎么没听过啊？

乙　当然没听过了！那是我爸爸！

甲　好嘛，你爸爸都出来了！

乙　废话，我爸爸也是人呢！

甲　你真豁得出去，可你爸爸不是名人啊。

乙　我爸爸在车间辛勤工作，先后被评为区级劳模、市级劳模、省级劳模，所有的劳动者都是最美的名人！大伙儿说对不对！

甲　嘿！还真是！

乙　我告诉你。不仅咱们洛阳本地的名人留下了许多名诗名篇。还有许多不是咱们洛阳的名人也留下了许多的名诗名篇。

甲　这我也知道，唐朝诗人白居易就不是咱们洛阳人。他后来来到咱们洛阳，看到咱们洛阳的大好河山，不禁感慨道：咦，我跟恁说……

乙　您先等会儿，这白居易什么口音哪？

甲　白居易是哪儿的人呢？

乙　哪儿的人呢？

甲　河南新郑人！就的说河南话。

乙　哦，这么回事。

甲　咦，我跟恁说，这个地方可不孬，我得给这……

乙　盖个房子。

甲　买块墓地。

乙　买墓地像话嘛！

甲　你没听过那句老话吗？叫"生在洛阳，葬在北邙"，北邙就是洛阳的邙山。

乙　不许篡改俗语，那叫"生在苏杭，葬在北邙"。

甲　苏杭？洛阳？差不多！

乙　差多了！

甲　咱不是说这白居易嘛！

乙　白居易怎么说了？

甲　白居易不是说了："咦！我真得给这弄块墓地！"

乙　白居易是那么说的吗？

甲　白居易怎么说的？

乙　白居易说的是"洛都四郊山水之胜，龙门首焉"，这说的是龙门石窟啊！

甲　对呀，我说得没错呀，白居易本人还就真葬在龙门山东山的香山之中，后称为白园。

乙　哦，白色大猴子。

甲　还黑色大猩猩呢！

乙　你不"白猿"嘛！那不是白色的大猴子嘛！

甲 白园是白居易的园陵,简称"白园"!

乙 哦,这么回事儿。

甲 大家不仅可以游览西山中大气磅礴的石窟艺术,更可以横穿伊河,来到东岸的香山驻足眺望,缅怀"香山居士"。

乙 就是白居易呀!

甲 没错。而且龙门石窟还是中国四大石窟之首,被誉为中国雕刻艺术的最高峰!

乙 太棒了!

甲 知道你怎么样才能成为最高峰吗?

乙 怎么呢?

甲 你先剃一大光头,然后刷上漆,到龙门石窟找一墙角站着。

乙 我去那冒充去了是吗?

甲 甭管冒充不冒充,游客打远一看,绝对说你栩栩如生。

乙 废话,我本来就是活的。

甲 游客走到你跟前还得说呢。

乙 说什么呀?

甲 你看着佛像雕的……

乙 啊。

甲 一定是净坛使者!

乙 对!走!咱俩谁像猪八戒啊。

甲 主要为介绍这龙门山色。

乙 介绍龙门你也不能埋汰我呀。

甲 你想啊,你都剃一大光头了,能干吗去,不得出家吗?

乙 说到出家,我还知道一处禅静幽清的好地方呢。

甲 你说的是什么地方啊?

乙 我说的是咱洛阳的一座寺庙,是中国历史上第一座佛教寺庙,被称为释源祖庭。这你知道是哪儿吗?

甲　嗨,这谁不知道呀,白马寺!

乙　对,据传说啊,这是个谐音梗。

甲　怎么谐音梗?

乙　这说的是白龙马的故事,西天取经回来之后啊,白龙马把经书驮到洛阳就累死了,白马死,白马死,在这白马死的地方建了个寺庙叫白马寺。

甲　您先等会儿吧,什么乱七八糟的!一会儿猪八戒一会儿白龙马的,过一会儿唐僧就该出来了吧?

乙　你傻呀!唐僧早出来了!刚才说名人的时候不说过了嘛!

甲　谁呀!

乙　玄奘法师,洛阳人!

甲　嘿!他在这儿等着我呢。

乙　废话,只许你说我是猪八戒,不许我跟你开玩笑啊!

甲　嘿!咱也甭抬杠,你给大伙儿好好说说这白马寺。

乙　白马寺始建于东汉永平十一年……

甲　不要播音腔!

乙　得得得,我好好说。这白马寺是中国的第一座官办寺院,同时也是历史上中国"释家"的祖庭。白马寺最具代表性的便是每当月白风清之夜,晨曦初露之时,殿内击磬撞钟佛诵,钟声悠扬飘荡,远闻数里,听之使人心旷神怡,后成为洛阳八大景之一呢。

甲　这洛阳八大景我也知道啊!

乙　哦,他又知道了。

甲　那当然了!刚才介绍的龙门石窟和白马寺分别是洛阳八大景中的龙门山色和马寺钟声。

乙　没错。

甲　除此之外呀，还有金谷春晴、邙山晚眺、天津晓月、洛浦秋风、平泉朝游，还有铜驼暮雨。这八大美景呀，都有几千年的历史了。正好对应了那句老话：若问古今兴废事，请君只看洛阳城。这洛阳八大景从自然风光到人文建筑可以说是应有尽有，无所不包！

乙　嘿！这自然的和人文的全让你说了是吧！

甲　怎么样，不行了吧？

乙　哎，我说，你带我们逛这么多景点，还不把我们大伙儿逛饿了吗？

甲　饿了？饿了好办呢，我带大伙去吃咱们洛阳的名吃。

乙　那这就对了。

甲　怎么呢？

乙　大伙儿上眼，净坛使者又下凡啦！

甲　走！我用你夸我！我告诉你，洛阳水席、牡丹燕菜、连汤肉片、秘制红薯传承千年味道香，一天不喝我就心发慌。

乙　说起洛阳特色我也知道啊，牛肉汤、羊肉汤、丸子汤、豆腐汤、不翻汤，每样味道都很美，我现在一说口水都得流一嘴。

甲　好嘛！喝口水啊！

乙　喝口水像话嘛！

甲　我告诉你，小街锅贴是非遗，络绎不绝人称奇！

乙　我再来碗浆面条，洛阳小吃它最妙。

甲　桂花米酒小汤圆，喝完以后心里甜。

乙　还有牡丹鲜花饼，甜点美食第一名。

甲　好嘛，你这又说回牡丹了。

乙　没错，牡丹是咱洛阳的代表，我这吃的里面都带牡丹。

甲　说起牡丹你可不如我。我能用一首歌曲，表达我对洛阳深厚的感情。这个你就比不了！

乙　那咱们大伙儿听听。

甲　（唱）啊——啊——啊——洛阳，

　　千年帝都你最强；

　　啊——啊——啊——洛阳，

　　牡丹盛开百花香。

　　终于有一天，洛阳相声美名扬，

　　洛阳相声美名扬……

乙　（唱）你用相声说洛阳？

甲　（唱）我指定说得比你强！

乙　别比了！

扫码获取
· 相声展演视频
· 经典相声作品

天津之声

作者:杨泽宁

甲　相声演员,不仅要继承传统,还要不断地发展创新。

乙　得创作新节目。

甲　要说创作就得观察生活,从生活当中提取素材。

乙　这没错。

甲　这不最近我就发现天津人有一个特点。

乙　什么特点?

甲　喜欢吃。

乙　这从哪儿发现的?

甲　好多天津老话都有所形容。

乙　您介绍介绍。

甲　有这么一句老话,叫"借钱吃海货不算不会过"。

乙　这话倒是有,但这是什么意思呢?

甲　天津是沿海城市,到了季节会下很多的海鲜,过去呢家家户户条件不像现在这么好,有的人家可能平时连饭都吃不上呢,但是一看海鲜下来了,找别人借钱都得把海鲜给吃了,所以就留下这么一句话,叫借钱吃海货不算不会过。

乙　你看看。

甲　天津还有句老话,叫借钱吃点肉不算不会过。

乙　啊？

甲　天津还有句老话，叫借钱吃蔬菜不算不会过。

乙　行了！

甲　天津还有句老话，叫借钱吃……

乙　太会过了，光借钱？自己的钱一点儿不花？

甲　借完钱还得还给人家，就是说天津人对吃比较有研究。要说天津最多最好的——

乙　什么啊？

甲　天津的早点。

乙　对，天津早点种类丰富，百吃不厌。

甲　有云吞。

乙　有。

甲　菱角汤。

乙　回民的。

甲　馄饨。

乙　嗯。

甲　抄手，扁肉，清汤，包面……

乙　您这都是一种东西啊。

甲　还有别的呢。煎饼馃子。

乙　天津特色。

甲　天津的煎饼馃子里面没有什么鸡排鸡柳蟹棒鱼豆腐培根番茄酱手抓饼驴肉火烧汉堡包……

乙　手抓饼？哪个煎饼里边还有手抓饼？

甲　煎饼卷一切嘛！

乙　那叫大饼卷一切。

甲　除了煎饼馃子，天津还有面茶、粉汤、卷圈、炸糕，要说到炸糕,不得不说天津三绝了。

乙　那可是享誉全国啊!

甲　耳朵眼麻花、狗不理炸糕和十八街的包子。

乙　你神经病吧? 这仨有一样你说对了吗?

甲　那应该是?

乙　耳朵眼包子、狗不理麻花、十八街炸糕,我也没说对。应该
　　是耳朵眼炸糕、狗不理包子、十八街麻花。

甲　我知道,我就为了考考你。其实不光耳朵眼炸糕、狗不理
　　包子、十八街的麻花,还有杨村的糕干、杨柳青的年画、独
　　流的老醋、石头门槛的素包、炉炉香的烧饼、泥人张的泥
　　人、果仁张的果仁、蹦豆张的崩豆、桂顺斋的点心,还有咱
　　们谦祥益的相声,那都是天津的特色名片。

乙　嘿,知道的还真不少。

甲　而且天津还是曲艺之乡,不光出了很多有名的曲艺大家,
　　还有天津独有的艺术形式。

乙　什么啊?

甲　天津时调和天津快板。

乙　天津快板也是由时调衍生而来的。

甲　在天津来说,唱天津快板唱得最好的——

乙　谁啊?

甲　我!

乙　你? 天津快板唱得最好?

甲　你打听打听,天津著名的海陆空三栖天津快板表演泰斗说
　　的就是我。

乙　您这个表演区域还挺大,海陆空三栖。

甲　就是天上地下,唯我独尊。

乙　你这像邪教。

甲　就说我唱得好。

乙　你快拉倒吧，天津快板有多少优秀的演员都唱过。你能跟人家比？

甲　你说的那些都传统得老掉牙了，现在就得听时髦的。这就得说我最擅长的了。

乙　您最擅长什么啊？

甲　我最擅长的就是改编。

乙　改编？

甲　当下的流行歌曲，经过我一改编，一加工，一创作，就能变成天津快板，搬到舞台上来是老少皆宜，大伙儿都喜欢听。

乙　什么歌都能改？

甲　什么都没问题。

乙　那今天机会这么好，您给大伙儿唱一回怎么样？

甲　在哪儿唱？

乙　在这唱啊。

甲　在这唱？

乙　对！

甲　来不了。

乙　怎么呢？

甲　我没带着乐队。

乙　您这个玩意还得有乐队啊？

甲　那当然，一般唱天津快板，旁边都得有什么四胡、扬琴、三弦、琵琶、萨克斯、单簧管、狗熊、海狮、海豹、海象、海豚、鲸鱼……

乙　您原来在海洋馆唱天津快板吧？

甲　我在那唱什么天津快板啊。

乙　不用那么复杂。您看我这有七块板,您打板给大伙儿唱一个不就行了吗。

甲　你说你们这别的乐器没有,光有这七快板,让我自己打板给大伙儿唱一个?

乙　就这意思。

甲　唱不了。

乙　为什么啊?

甲　我不会打板。

乙　哎哟! 哎哟! 您这个著名海陆空三栖表演泰斗愣不会打板?

甲　你看过天津快板吗?唱天津快板的有自己打板的吗?天津快板跟快板不一样,它这里面有表演,有人物,有包袱,我自己打板自己唱?我怎么表演?我怎么施展我的拳脚?所以说下次吧,下次我把狗熊带来再给大伙儿表演。

乙　您怎么老离不开这狗熊呢?

甲　因为我唱天津快板的时候狗熊站旁边给我打板,没狗熊我唱不了啊。

乙　行,那这样,狗熊今天不是没来吗? 我来! 我给您打板您唱一回怎么样?

甲　你给我打板? 天津快板的点儿你会吗?

乙　您听着啊,(打板)怎么样?

甲　嗯,还行,有打板的我就能唱了,但是我不知道唱个什么啊。

乙　您可说了什么歌都能唱!

甲　什么都没问题。

乙　我说一个歌您能唱吗？

甲　你说出来我就能唱。

乙　你听这个。

甲　什么歌？

乙　达拉崩吧！这你能来吗？

甲　达拉崩吧？

乙　这你能唱吗？

甲　你说的这歌大伙儿都没听过。

乙　谁说的？肯定有听过的，你不有能耐吗？你不是海陆空三栖动物……三栖艺术家吗？你不什么都能唱吗？来来这个！

甲　我明白了，故意为难我，当着各位观众给我出难题让我下不来台。

乙　没这意思。

甲　好，不就达拉崩吧吗？张嘴就来！

乙　原唱您会吗？

甲　很久很久以前，巨龙突然出现，带来灾难，带走了公主又消失不见，王国非常危险，世上谁最勇敢，一位勇者上前，大声喊，我要，带上最好的剑，翻过最高的山，穿过最深的森林，把公主带回到面前，国王非常高兴，忙问他的姓名，年轻人想了想，他说，陛下我叫达拉崩吧班德贝迪卜多比鲁翁，是不是叫达拉崩吧班德贝迪卜多比鲁翁，达拉崩吧班德贝迪卜多比鲁翁……

乙　就这一句啊！

甲　这歌太长了，唱完了我没劲唱快板了。

乙　合着您这个气力还不行。干脆，您直接唱快板。

甲　打板！

乙　（打板）

甲　话说很久以前，有条巨龙出现，他带来了灾难带走了公主，又消失不见，国王很沮丧，整天郁郁寡欢，说谁能把我闺女带回来我请他吃拉面，大碗加牛肉，再放三个卤蛋，宽条细条二细毛细让他吃个遍，再赏黄金万两，和美女一大片，实在不行我再给你盖一座宫殿，突然有个愣子，他是快步走上前，抱拳拱手喊声爷你慢慢听我言，就是条小龙龙，别把他放在心间，平时拿个百八十条我都闭着眼，（好嘛，这话让你说的你可真够不要脸）国王非常高兴，问愣子你叫嘛？我行不更名坐不改姓，（你叫？）达拉崩吧斑得贝迪波多比鲁翁（叫吗？）达拉崩吧斑得贝迪波多比鲁翁（嘛玩儿？）达拉崩吧斑得贝迪波多比鲁翁（嗯？）我再说最后一遍，我管你听见听不见（甲、乙：达拉崩吧斑得贝迪波多比鲁翁）（甲：你诚心是吗？乙：你接着唱）愣子骑上大马，路上催马扬鞭，一路打怪，一路升级，来到龙洞前，他拔出了大宝剑，朝着里面大喊，交出公主，别再放肆这事儿就算完，巨龙特别不乐意，说你是干吗滴？咋咋呼呼站我面前，弄得我挺生气，我叫达拉崩吧斑得贝迪波多比鲁翁，你叫嘛你说你名字，让我听听有多凶，我是昆图库塔卡题考特苏瓦西拉松，你叫昆特牌提琴烤蛋挞苏打马拉松？是叫昆图库塔卡题考特苏瓦西拉松，告你昆图库塔卡题考特苏瓦西拉松，你放了公主米娅莫拉苏娜丹妮谢丽红，回到蒙达鲁克硫斯伯古比奇巴勒城，我就饶了你这昆图库塔卡题考特苏瓦西拉松，不然我达拉崩吧斑得贝迪波多比鲁翁，宰了你昆图库塔卡题考特苏瓦西拉松，巨龙一听要他命，立马毕恭毕敬,说大哥大哥别生气,我跟公主是闺蜜,这事儿是误会,我没想怎么地,我立马让她走出来,我送你俩回去,愣子带回公主他也骑着巨龙,多年以后他们俩生了个小英雄,这小孩倍耐人,小孩还倍灵,站我旁边打快板,没他还不行。

乙　别唱了!

扫码获取
· 相声展演视频
· 经典相声作品

定军山

作者：路铭

乙　今天我给大家说一段单口相声。

甲　您这是干什么呢？

乙　我在这给大伙儿说一段单口相声。

甲　当文艺工作者好啊，做文艺工作者不容易。

乙　是。

甲　现在对文艺工作者要求非常高啊。

乙　有什么要求呢？

甲　要求我们立足时代之基，回答时代问题。

乙　这是对我们的工作要求啊。

乙　那您是干什么的？

甲　能说吗？（拍胸口，很为难）

乙　这有什么不能说的。

甲　我也是一位伟大的文艺工作者呀。

乙　文艺工作者，您能告诉我您是干什么的吗？

甲　我是一位主流京剧演员啊。（撩大褂）

乙　撂下撂下。

甲　平时我穿我那个"铐"习惯了。

乙　手铐啊？

甲　蟒靠。

乙　哦，您平时唱戏还得扎靠，那您应该是一位老生演员啊。

甲　哎，对对对，我是唱老生的。

乙　您到底是不是啊？

甲　我是啊，我正经我上过那个学啊。

乙　您上过哪个学啊？

甲　就那个学啊，我们都是受过高等教育的人啊。

乙　您上哪个学啊？

甲　就天天唱京剧拉胡琴的学啊。

乙　您说戏校不就行了吗！

甲　我说戏校我怕你听不懂，我受过高等教育。

乙　谁听不懂！您要是唱老生的，我问问您，您是唱哪一派的呢？

甲　什么哪一派的，最腻歪你们这个知道吗？满嘴黑话啊，江湖春典，我受过高等教育……

乙　不是，这跟您受过高等教育没有关系，我是问您是唱哪个流派的。

甲　听好了啊，瞪大你的眼睛听好了，我那个派叫"哆派"，没听说过吧？

乙　真没听说过，我斗胆问您一句，您这个哆派创始人是哪位先生啊？

甲　听好了，就说一遍，我们多派的祖师爷是哆啦老先生。

乙　哆啦先生？这没听说过您这位哆先生啊。

甲　可惜了，老爷子一辈子不争名不求利，没收过几个徒弟，也没灌过唱片，导致哆派老生失传了。

210　乙　哆先生这么厉害，可惜了，失传了，我们谁也听不着了。

甲　万幸,我会。

乙　哦,您还会哆派老生。

甲　哆先生健在的时候跟我是邻居,打小看我这孩子天资聪慧,嗓子这么亮堂,太适合唱哆派,这么着,我成了哆派京剧唯一的传承人。

乙　我们今天这么些个热心观众,我们就是想看看哆派京剧什么样的,再者说了,我本身就是一个戏迷,我也借这机会跟您学习一下哆派老生。

甲　咱这也唱不了啊! 一出戏下来好几十人,文武场面龙套咱没这么多人啊。

乙　咱不弄那么多人,就俩人,您唱主角儿,我给您唱配角儿。

甲　咱也没伴奏啊。

乙　咱拿嘴学,您上场我打家伙,我上场您打家伙。

甲　那咱唱出什么戏呢?

乙　要我说,咱就唱一出最近最火的《定军山》。

甲　好! 这戏好啊,讲的是黄忠和孙猴儿打架的故事。

乙　哪儿来的孙猴儿! 夏侯,夏侯渊!

甲　是啊,是夏侯渊啊,人家本来姓孙,你非说人家姓夏,人家多冤呐,夏侯渊嘛!

乙　人家就叫夏侯渊。

甲　那咱就从第一场开始唱。

乙　咱别从第一场开始唱,这多久才能唱到最热闹那段啊。我们为听您唱"这一封书信来得巧"这段西皮流水。

甲　那咱从下书这折开始唱,下书这折一共几个角色?

乙　几个角色您不知道?

甲　我能不知道吗? 我这是考考你。

定
军
山

211

乙　俩人啊，一个黄忠黄老将军，还有一个夏侯渊手下的下书官，你演黄忠，我演下书官。

甲　那咱就这么定，我演黄忠你演下书官，后台来人，把我蟒靠拿出来。

乙　没有蟒靠，咱就素身唱。

甲　我必须要批评你，你不是要跟我学戏吗？我这是给你说戏呢，我们哆派演员唱黄忠，无论是从唱腔上还是穿戴方面，都跟别的黄忠不一样。

乙　那您说说您这哪儿不一样。

甲　我考考你，你平时看京剧舞台上的黄忠都穿什么颜色的蟒靠啊？

乙　黄色的呀，扎黄靠。

甲　外行了吧！要不说你没受过高等教育呢，我们哆派的黄忠穿蓝色的靠。

乙　哟，这没见过。

甲　我们这蓝色的蟒靠，在丹田这儿有一个银白色的兜兜。

乙　那您这兜兜是干什么用的呀？

甲　行军打仗，用的东西太多，放兜里好保存，怕丢啊！这是老京剧的扮相，你们那个黄忠穿黄蟒靠，那都是后来四大须生他们糟改的。

乙　哦，跟您学习真长见识了。

甲　你想啊，黄忠在台上穿着蓝色的靠，一拉云手，这多漂亮，不比你穿黄莽好看吗？

乙　那是那是。

甲　那咱就现在开始唱吧。

乙　这么着，您搭把手，咱俩把桌子往后搬搬。桌子后边为后台,桌子前边为前台,这边是上场门,这边是下场门。咱们还需要一把椅子。

甲　拿把椅子放在中间,整个舞台就变成黄忠的大营了。

乙　我给您搬去。

甲　我来吧,我来吧,我来吧。

乙　那您倒是去呀!

甲　那还是你来吧。

乙　东西都齐了,咱归后台,从黄忠上场开始演。

甲　我上场你打家伙。

　　(打家伙,逗哏走至舞台中央,回头给捧哏使了个眼色)

乙　唱啊。

甲　那杭州美景盖世无双……

乙　唱什么呀?黄忠上来唱太平歌词是吗?

甲　一会儿不还有下书官吗?上来白沙写字。

乙　黄忠上来说相声了是吗?

甲　学徒黄忠上台鞠躬。

乙　鞠什么躬啊!黄忠上来是打仗来的,我说您会不会啊?

甲　我会啊。

乙　那您倒是唱啊!

甲　那杭州……

乙　还太平歌词啊!唱京剧。

甲　你早说唱京剧啊,京剧我会啊。

乙　唱啊!

甲　那杭州(旦角)……

乙　改旦角了?

甲　那应该呢?

定军山

213

乙　唱老生啊。

甲　老生什么词？

乙　您不知道词啊！

甲　我知道啊。

乙　知道您倒是唱啊！

甲　哎，我考考你！我怕你不会。

乙　还考考我，黄忠这有三句唱："夏侯渊果然武艺好，可算得中原一英豪，将身且把宝帐到……"这会儿下书官上场，就是我上场喊下书哟，您再接唱"营外为何闹吵吵"。

甲　你早这么说我不早会了吗！

乙　行行行，咱回后台重新演。

　　（归后台，打家伙，捧哏学一过门）

甲　夏侯渊果然武艺好，可算得中原一英豪，将身且把宝帐到，营外为何闹吵吵……

乙　您得等喊完下书再唱下一句。

甲　重唱重唱。（回后台）

　　（打家伙）

甲　夏侯渊果然武艺好，可算得中原一英豪，将身且把宝帐到，下书哟，营外为何闹吵吵

乙　你跟着喊什么下书啊！

甲　你不说喊下书之后再唱后一句吗？

乙　谁喊呀？

甲　我喊。

乙　我是下书官我喊。

甲　（推捧哏）你倒是喊呀，重演！

　　（归后台，打家伙）

甲　夏侯渊果然武艺好,可算得中原一英豪,将身且把宝帐到(坐下)……

乙　下书哟……

甲　营外为何闹吵吵。

乙　下书官求见。

甲　不见。

乙　不见像话吗? 您得见。

甲　这是夏侯渊派来的奸细,黄忠有反诈App,96110给黄忠打电话说不许见。

乙　什么乱七八糟的! 您得见他,这是给您下战书来了。

甲　我还得见他,事儿这么多,重演。

乙　下书人求见。

甲　传。

乙　参见黄老将军。

甲　(扭身)

乙　参见黄老将军。

甲　(扭身)

乙　参见黄老将军。

甲　(扭身)

乙　参见黄老将军。

甲　(扭身)

乙　别扭了!

甲　不乐意理你。你说你这么大人了上人家家去空着手去,你觉得合适吗? 我这么大岁数,我73了,你不得准备个十样八样来看我。

乙　我欠你的啊! 我是来下战书的,我是代表夏侯将军挑衅你的。

甲 哎哟,我这么大岁数,你竟然来调戏我,你来啊!

乙 调戏你干什么,挑衅你,看不起你!

甲 你敢看不起我,你出去打听打听我师父是谁,他教过我多少灯谜……

乙 有灯谜什么事儿这里头,这是夏侯渊瞧不起黄忠。

甲 夏侯渊瞧不起黄忠你跟我说得着吗!

乙 您演的谁呀?

甲 我演的黄忠。

乙 这不就得了。

甲 要不说不愿意和你们这些野路子唱戏,我是主流京剧演员。

乙 您甭主流了,您把话说清楚就行。

甲 重新演吧。

乙 下书人求见。

甲 传。

乙 参见黄老将军。

甲 罢了,是我的外卖到了吗?

乙 您两军阵前点外卖是吗? 您应该问我,奉何人所差。

甲 奉何人所差?

乙 奉夏侯将军所差。

甲 书信呈上,外厢伺候。

乙 是。

甲 夏侯渊有书信到了,待老夫拆开一观,(打家伙)哦……老夫不识字啊!

乙 不认字像话吗? 您这么大艺术家不识字?

216 甲 打小学校没教过识字。

乙　您得识字。

甲　我唱个戏还得认字，还讲不讲理了，我知道下面词儿是什么不就完了吗！

乙　您知道就好。

甲　重来。夏侯渊有书信到了，待老夫拆开一观。(打家伙)传下书人，老夫不去啊。

乙　不去像话吗！

甲　夏侯渊他武艺好啊，我刚自己说的，他憋着害我呢，我去了还好得了吗？

乙　你武艺比他高强，你去了打他一顿。

甲　我打得过他们？

乙　戏里面设计的，您打得过他。

甲　那我这会儿应该说什么？

乙　就说老夫修书不及，照书行事。

甲　那重演吧，传下书人。

乙　伺候老将军。

甲　就说老夫修书不及，照书行事。

乙　遵命！说词儿。

甲　学徒黄忠上台鞠躬。

乙　说什么词儿，让你把刚才书信里的内容说一遍。

甲　书信里什么内容？

乙　您不知道啊？

甲　我不是告诉你我不识字吗？

乙　那您得知道什么词儿啊？

甲　什么词儿啊？

乙　您是一句都不会啊！

定军山

217

合　我考考你！

乙　还是这句，我说一遍你可记住喽。

甲　你说吧。

乙　且住，老夫正在营中，无计可施，夏侯渊这封书信来得将将凑巧，明日午时三刻，老夫与他走马换将，叫他先放出我国先行陈式，我后放他侄男夏侯尚，老夫习就百步穿杨，将他侄男一箭射死，他必领兵追我，使老夫杀一阵败一阵，杀一阵败一阵，败至在旷野荒郊，袭关公当年拖刀之计，将他斩在马下，夏侯渊呐，我的儿，你不来便罢，你若来时，必中老夫拖刀之计也。

（甲打家伙）

乙　（唱）这一封书信来得巧，天助黄忠成功劳，站立在……咱俩谁唱啊？我差点儿给这戏唱完了。

甲　您唱得多好啊！

乙　我好管什么用，大伙儿不为了听您吗！

甲　我让你唱了吗？显你！

乙　还赖我了。

甲　各位瞧好了，哆派老生"定军山""这一封书信来的巧"，出了这个门您就听不着了。

乙　我们就等着听您这段了。

甲　且住，老夫正在营中，无计可施，夏侯渊这封书信来得将将凑巧，明日午时三刻，老夫与他走马换将，叫他先放出我国先行陈式，我后放他侄男夏侯尚，老夫习就百步穿杨，将他侄男一箭射死，他必领兵追我，使老夫杀一阵败一阵，杀一阵败一阵，败至在旷野荒郊，袭关公当年拖刀之计，将他斩在马下，夏侯渊呐，我的儿，你不来便罢，你若来时，必中老夫拖刀之计也。

乙　最主要的唱段要来了。（打家伙）

（甲拉云手）

甲　这一封书信来得巧，天助黄忠成功劳，站立营门三军叫，大小儿郎听根苗，啦啦啦啦啦啦（哆啦Ａ梦版）……你拦我点儿。

乙　我还拦你点儿，您这是京剧吗？您这不哆啦Ａ梦主题曲吗！打您一上台我就觉得不对，还哆啦老先生，您跟哆啦Ａ梦学的戏是吗？要不说您那黄忠穿蓝莽呢，肚子上还有个银白色的兜兜，您惦记黄忠掏出任意门来是吗？

甲　掏任意门像话吗！

乙　您到底会不会？

甲　能不会吗？我接受过高等教育。

乙　还提您那高等教育呢，您要是会咱们就打头来，直工直令地唱一遍。

甲　还打头来啊？

乙　您后面的词儿不都会了吗？

甲　后边的词儿是会了。

乙　那咱唱啊！

甲　前面的都忘了。

乙　去你的吧！

欢迎来咱家

作者:刘利志　洪嘉树

甲　刘利志——

乙　洪嘉树——

甲、乙　上台鞠躬!

乙　今天我们给大家说段相声。这个相声啊……

甲　(唱)我家就住沈阳城,老话就叫盛京……

乙　他怎么还唱上了?

甲　(继续唱)改朝换代多少辈呀,不变的还是……

乙　(阻拦甲)哎,哎,哎,您等会儿吧。咱们是来说相声来啦,您怎么上台就先唱上啦?

甲　我作为一个土生土长的沈阳人,唱一首地地道道的沈阳歌儿,以此来表达我思念家乡的情感啊。

乙　哦? 想家了?

甲　可不。

乙　我也能唱,(边唱边学乞丐)离家的孩子流浪在外边,没有……

甲　咳,那也不至于(学乙乞丐动作)这样啊,就是思念家乡就完了。

乙　是。那听您这意思,您是沈阳人?

甲　对啊。你呢？

乙　我也是地地道道的沈阳人。

甲　哦！老乡！

乙　对啊！

甲、乙　（拥抱）啊哈哈哈……（甲捶乙，乙咳嗽）

乙　行了行了，您再捶死我。

甲　这不是激动吗。要我说啊，咱沈阳，那可是地方不大，风景如画。

乙　工资不高，都爱穿貂。

甲　挣得不多，个个能喝。

乙　沈阳人喝酒，跟喝水似的。

甲　沈阳人说话，跟土匪似的。

乙　沈阳人唠嗑，跟打架似的。

甲　沈阳人买东西，跟白给似的。

乙　沈阳人办事儿，跟冲水似的。

甲　沈阳人吃饭，跟找不着北似的。那家伙，甩开了腮帮子就是造啊（往嘴里送东西）……

乙　你可得了吧，咱可从来没（学甲动作）那样儿过。

甲　既然您说您是沈阳人，那沈阳的历史您都了解吗？

乙　（摆手，作骄傲状）哎，略知一二，略知一二，嘿嘿嘿……

甲　呵！内行！

乙　哪里哪里。

甲　专家！

乙　岂敢岂敢。

甲　万事（喷口）通！

乙　嚯（擦脸）！我说你是喷壶成精啊？

甲　像话吗？不是夸您了解沈阳嘛。

乙　也没必要这样。

甲　沈阳那可是"一朝发祥地，两代帝王都"啊。

乙　没错。

甲　沈阳故宫，您了解吗？

乙　张嘴就来啊。

甲　那您说说。

乙　我说说，你听听。要说起沈阳故宫啊，分为东、中、西三路。这最具特色的，得说这个东路。东路有大政殿，前有十王亭。知道十王亭是哪十王吗？

甲　您说说。

乙　这十王分为左翼王、右翼王，外加八个大海王。这八个……

甲　(拦住乙)您等会儿吧。(乙继续说)嘟！八王就是八个大海王？全是大渣男？

乙　八王寺汽水？

甲　更不对啊！那是八旗八大铁帽子王。

乙　哎，恭喜您说对了。

甲　你可得了吧，你说的没有我唱的好听。

乙　您能唱？

甲　张嘴就来啊。

(单弦)沈阳是大清朝，满族人的摇篮。老汗王称汗登殿，皇太极继位掌皇权。十王亭真可谓是威风八面(乙：太平年)，龙凤楼好巍峨它霸气冲天(乙：年太平)。唱得怎么样？

乙　不错不错。这是单弦啊。

甲　哟呵，还知道这是单弦啊！还没傻透腔哈。

乙　去！像话吗？

甲　咱沈阳不光是历史古城,也是美食集聚地啊。

乙　是啊。

甲　刚才您说了沈阳故宫,那您再说说沈阳的美食如何。

乙　我说说啊。我请您吃蒸羊羔、蒸熊掌、蒸鹿尾儿,烧花鸭、烧雏鸡、烧子鹅,炉猪、炉鸭、酱鸡、腊肉、松花、小肚儿、晾肉、香肠。什锦苏盘、熏鸡、白肚儿、清蒸八宝猪、江米酿鸭子、罐儿野鸡、罐儿鹌鹑,卤什锦、卤子鹅……

甲　行了行了,您可别说了。这不是《报菜名》吗?

乙　我就是形容咱们沈阳美食特别多。

甲　没错。沈阳的文艺种类,也是非常多啊。

乙　是啊? 那您给大伙儿介绍介绍。

甲　就比如说,沈阳的评剧大家"韩、花、筱"。

乙　有！那是咱们沈阳评剧三位名家"韩少云、花淑兰、筱俊亭"啊。

甲　您说得不错。

乙　既然您说得这么热闹,那您能唱几句吗?

甲　张嘴就唱啊。

(评剧)"小河流水啊哗啦啦的响……"这是韩派评剧。"今天府门外悬灯结彩,锣鼓喧天就吹打起来……"这就是花派评剧。"我要你一两清风,二两月;三两火苗,四两云……"这是筱派评剧。怎么样?

乙　唱得真不错。但是在咱们沈阳啊,还有一种更加接地气的文艺形式,就是二人转。

甲　二人转? 那更难不住我了。你听着:

(二人转靠山调)"利志我走上台来,深搭一躬。我把沈阳的历史，唱给各位听。沈阳城本是，清朝发祥地。早年间它的名字，叫盛京。八王寺的甜水井，张氏帅府。老龙口的美酒，中外驰名。还有那沈阳的中街，商户林立。彩塔夜市，特别流行。新时代的沈阳城，经济发展。振兴东北，勇当先锋！"怎么样？啊？

乙　嘿！唱得可太好了！

甲　好吧？自从进入了新时代，这十年，沈阳真可谓是经济腾飞，变化翻天覆地啊。

乙　没错。基础设施建设也是不断完善啊。沈阳市委、市政府实施了"一河两岸"战略，勤劳智慧的沈阳人民挥动双手，把浑河两岸打扮得比画还美呐。

甲　那您把这个再说说。

乙　你来看：红日高挂蓝天，白云随风飘荡。美丽浑河好似一条绿色飘带，系在城市的腰间。一座座大桥犹如一道道彩虹，横跨浑河之上，有工农桥、长青桥、富民桥、三好桥、胜利桥、南阳湖桥、云龙湖桥，王家湾桥、东三环桥、五爱立交桥。桥下，碧波荡漾，鱼翔浅底。桥上，车水马龙，川流不息。

甲　再看两岸，花草繁茂，柳拂长堤。远处观望，山峦起伏，高楼林立。市中心，恒隆大厦宛若奇峰，巍峨挺拔；彩塔恰似长箭，直冲云霄。浑河南岸，21世纪大厦恰似两把金钥匙，开启沈阳新纪元。奥体中心气势宏伟，辽宁健儿夺金摘银的吉祥地。桃仙机场富丽堂皇，科技先进，一架架银色的雄鹰飞云掣电，气势磅礴，把沈阳的友谊传向八方，将五洲四海连接在一起。

　乙　这正是：沈阳自古繁华地，山色多姿水更奇。

甲、乙　亭台楼榭美如画,塞外风光数第一!

甲　说得多好啊。在这里,我们欢迎来自各地的朋友,来咱家做客啊。到沈阳了,(东北口音)指定给你们(打脸,比手势)安排了。

乙　(学甲动作)安排什么啊?

甲　(东北口音)安排你们吃好玩儿好了啊。翠花——上酸菜!

乙　别说了!

扫码获取
· 相声展演视频
· 经典相声作品

各有各味儿

作者:张智昭　张钢

乙　尊敬的各位评委老师,亲爱的观众朋友们,大家好! 今天我给大家说段相声。

甲　您会说相声?

乙　什么叫会啊? 我说了二十多年了。

甲　您嘴不疼啊?

乙　没听说过,说相声还能把嘴说疼了。

甲　何止是疼啊? 还有酸麻肿胀。

乙　麻烦问问,我这嘴摔哪儿了?

甲　有摔嘴的吗?

乙　那怎么还酸麻胀痛全都有啊?

甲　说相声不得练基本功吗?

乙　就这么练啊? 那得废多少口假牙啊。

甲　难道他们骗我?

乙　谁啊?

甲　我们学校相声社的。

乙　你们学校还有相声社?

甲　有啊。我们大学生非常喜欢相声这一民间艺术。

乙　哦,那你在哪个大学啊?

甲　南开,您知道吗?

乙　你在南开大学?

甲　门口路过。

乙　没问你这个,问你哪个大学。

甲　天大,您知道吗?

乙　你在天津大学?

甲　院里转过。

乙　你有毛病啊? 没听清楚啊,问你哪个大学?

甲　天师大,您知道吗?

乙　天津师范大学?

甲　对。

乙　哦,你在这个大学?

甲　食堂吃过饭。

乙　走。你溜我玩儿呢?

甲　您别急啊,我就读于兰州职业技术学院。

乙　兰州? 大西北,盛产牛肉面的地方。

甲　对。

乙　你在兰州上学,你说南开、天大、天师大干吗?

甲　这都是我此次天津之行去过的地方啊。

乙　你来天津旅游?

甲　不,我是特地来观看"马季杯"大学生相声节的。

乙　你也喜欢相声?

甲　太喜欢了。天津是相声的发祥地,天津人说话都跟说相声
　　一样。

乙　天生幽默。

甲　天津话更好听啊。

各有各味儿

227

乙　你会吗？

甲　天津话管"什么"不说什么。

乙　天津话是？

甲　"嘛"。

乙　"嘛"。

甲　干什么叫"干嘛"。

乙　是这味儿。

甲　天津人管"解释"不叫解释。

乙　那叫？

甲　"掰扯"。你跟我掰扯嘛？

乙　掰扯。

甲　"别这样"知道怎么说吗？

乙　怎么说？

甲　"别介"。这事你可别介啊。

乙　是这样。

甲　"抬杠"不叫抬杠。

乙　叫什么？

甲　"戗火"。你了跟我戗火是（念 sì）吗？

乙　这是要打架啊。

甲　"这事很可能办不好"，天津话怎么说？

乙　怎么说？

甲　这事我看要"崴泥"。

乙　崴泥。

甲　到处乱找叫"撒摸"（sá mō）。

乙　撒摸。

228　甲　你撒摸嘛呢？

乙　乱找什么呢？

甲　"开玩笑"不说开玩笑。

乙　说什么？

甲　"糟改"。你了又拿我糟改。

乙　没想到你一个兰州人对天津话还这么熟悉啊。

甲　跟您这么说吧，我对全国各地的方言都很感兴趣，说出来那真是南腔北调，各有各味儿。

乙　各地方的方言都不同。

甲　就说同一段绕口令吧，用不同的方言说出来，不光是各有各味儿，而且还体现出当地人的性格特点。

乙　是吗？

甲　您比如说有一段绕口令。

乙　哪段？

甲　扁担长板凳宽，扁担没有板凳宽，板凳没有扁担长，扁担要绑在板凳上，板凳不让扁担绑在板凳上，扁担偏要扁担绑在板凳上。

乙　这是普通话说的。

甲　如果用河南话说出来就是另一个味儿。

乙　河南话？

甲　(学)扁担长板凳宽，扁担没有板凳宽，板凳没有扁担长，扁担要绑在板凳上，板凳不让扁担绑在板凳上，扁担偏要扁担绑在板凳上。板凳说，咦，你咋恁烦人嘞，不中，不中，不中不中不中。

乙　你等会儿，这板凳还说话啊？

甲　得说话啊，这样才能把河南人快人快语的性格体现出来。

乙　哦。

各有各味儿

229

甲　四川话就不一样了。

乙　四川话怎么说？

甲　(学)扁担长板凳宽，扁担没有板凳宽，板凳没有扁担长，扁担要绑在板凳上，板凳说，要得，要得，你要绑就绑嘛。

乙　让绑了？

甲　体现了四川人随和的性格。

乙　没错。

甲　上海话又不一样了。

乙　上海怎么说？

甲　(学)扁担长板凳宽，扁担没有板凳宽，板凳没有扁担长，扁担要绑在板凳上，板凳说你不要绑我，我好害羞啊。

乙　最后一句什么意思？

甲　板凳说你不要绑我，我好害羞啊。上海人把难为情叫害羞。

乙　嘿。

甲　体现了上海人腼腆的性格。

乙　有意思。

甲　陕西话又不一样了。

乙　陕西话怎么说。

甲　(学)扁担长板凳宽，扁担没有板凳宽，板凳没有扁担长，扁担要绑在板凳上，板凳说，咋？你想咋？你还想绑我呢，你咋不上天呢？

乙　嚯，这么冲啊！

甲　体现了陕西人火爆的性格。

乙　对。

甲　印度话又不一样了……

乙　你等会儿,印度话你也会?

甲　会啊,跟印度留学生学的啊。

乙　那太好了,你给大家来一段印度话的扁担长板凳宽。

甲　没问题。(摆造型)

乙　你这是干嘛?

甲　印度人要说这段绕口令必须先要摆造型。

乙　还有这讲究?

甲　对啊。

乙　那你摆吧。

甲　(唱)扁担长那个板凳宽,扁担没有板凳宽,板凳没有扁担长,扁担要绑在板凳上,噜噜噜噜噜噜噜……

乙　别唱了,你这是印度绕口令?

甲　我这是印度歌伴舞。

扫码获取

· 相声展演视频
· 经典相声作品

各有各味儿